KB023611

영업경영
논문**100**

EVIDENCE BASED

영업경영 논문 100

SALES MANAGEMENT

글로벌
Top
저널에 실린
우수 논문
100편에서
찾아낸
성공하는
영업경영
노하우

| 김상범 글

푸른영토

근거 기반의 영업경영
Evidence Based Sales Management

안타깝지만 기업의 많은 영업 리더들이 전문가들이 개최하는 세미나나 경영 서적, 컨설턴트의 잘못된 가르침을 의심없이 그대로 따라 하는 현상을 쉽게 목격할 수 있다. 유능한 영업 리더가 되는 데 이러한 교육 경험은 매우 중요한 요소이다. 하지만 영업 현장 출신의 전문가들이 주장하는 성공 영업의 '원칙' 또는 '아이디어'들이 진리처럼 들리지만 들은 그대로 적용하다가는 영업 조직을 위태롭게 만들 수도 있다.

예를 들어 "영업은 열정만 있으면 누구나 할 수 있다", "고성과자들의 행동을 따라 하면 누구나 최고가 될 수 있다", "영업 성과는 활동량에 비례한다", "영업인은 타고나는 것이 아니라 길러지는 것이다", "영업인 동기부여에는 금전적 인센티브가 최고다"와 같은 주장들은 어느정도 맞는 구석도 있다. 하지만 이러한 반쪽 진리를 '완전한 진리'

로 받아들여 모든 의사결정과 실행 프로세스를 그대로 적용하다 보면 영업 담당 임원이 물러나고, 영업의 몰입도와 경영진에 대한 신뢰, 일에 대한 열정 그리고 영업인들의 정신건강까지 회사에 심각한 영향을 끼치게 된다.

　필자는 영업 현상에서 영업 리더로 오랜 시간을 보냈다. 영업경영에 대한 연구로 박사학위를 받은 후에는 대학에 재직하면서 현장 경험과 학문적 배경을 바탕으로 다양한 영업 조직들과 함께 일해 왔다. 이 과정에서 기업의 영업 리더들이 자신의 경험과 검증되지 않은 반쪽 진리에 의존한 나머지 많은 시행착오를 겪는 것을 보아왔다. 그래서 이 책은 현장 영업 리더들이 경험의 한계를 극복하고 과학적 근거에 기반한 영업경영을 해나가는 데 도움이 되고자 집필하게 되었다. 특히 영업 조직 관리에 가장 해로울 수 있는 반쪽 진리들을 검증할 수 있는 통찰을 제공하고자 노력했다.

이 책을 통해 당신이 경험과 이론의 기반 위에 몸담고 있는 영업 조직에 가장 적합한 원칙들이 무엇인지 판단할 수 있기를 기대한다. 학자들의 연구 결과들을 곱씹어 가면서 익히고, 경험과 근거에 기반을 둔 영업경영을 실천해 보기 바란다.

컨설팅 회사나 경험자들의 주장들을 단순히 따라 하는 것보다 회사가 당면한 특정 사안에 대해 스스로 분석하고 생각해야 한다는 점에서 근거 기반의 영업경영은 일종의 도전이 될 것이다. 모쪼록 100편의 논문과 서적을 통해 근거 기반의 영업경영을 배우고 익히면서 성공적인 영업 조직을 이끌 수 있기를 기대해 본다.

2021년 1월
김상범

CONTENTS

PART I

영업 분야의
잘못된 의사결정 관행

1장 참고문헌

1. Alfie Kohn(1993), "Why Incentive Plans Cannot Work," Harvard Business Review(September-October): 3-7.
2. Benson Smith, Tony Rutigliano(2012), "Discover Your Sales Strengths", Random House.
3. David R. King et al(2004).,"Meta Analyses of Post-Acquisition Performance: Indicators of Unidentified Moderators," Strategic Management Journal 25:187-200.
4. Ellen g. Frank(2004), "Trends in Incentive Compensation"(information prepared for the authors from Hwitt Compensation Surveys, June.)
5. Wayne F. Cascio(2002), Respnsible Restructuring: Creative and Profitable Alternatives to Layoffs(SanFrancisco: Better-Koehler)
6. Jeffrey Pfeffer, Robert I. Sutton(2006), "Hard Facts, Dangerous Half-Truths, and Total Nonsense Profiting from Evidence-Based Management", Harvard Business Review Press.
7. Jeffrey Pfeffer(1998), "SAS Institute (A): A Difference Approach to Incentive and People Management in the Software Industry," Cse #HR6A(Stanford, CA), 8.
8. William Rosenberg and Donald Anna(1995), "Evidence-Based Medicine: An Aprroach to Climical Problem-Solving, " British Medicine Journal 310: 1122-1126.
9. Richard J. Murnane David K. Cohen(1983), "Merit Pay and the Evaluation Problem: Why Most Merit Pay Fail and Survive," Havard Educational Review 56: 2.
10. Robert L. Heneman(1990), "Merit Pay Research in Personal and Human Resource Management, vol. 8(Greenwich, CT: JAL Press). 203-263.

무분별한
벤치마킹

벤치마킹 즉, 다른 기업의 성과와 경험을 활용해 자신의 기준을 만드는 일은 합리적인 방법이다. 기업이 지금까지 경험하지 못한 생소한 상황에 처했다면, 무작정 부딪히기보다는 다른 기업의 실패나 성공사례에서 교훈을 얻는 것이 훨씬 쉽고 비용도 적게 들기 때문이다. 문제는 벤치마킹이 이루어지는 방식에 있다. 꼼꼼히 따져 보지 않고 무조건 따라 하기 때문이다.

가장 성공적인 기업은 왜 성공적인가, 다른 곳에서도 성공할 수 있는가를 논리적으로 생각해 보지 않고 베끼려고만 한다.

한 가지 사례를 예로 들어보겠다.

프랜차이즈 가맹점 모집 영업을 하는 L사에 생명보험회사 출신 영업 리더가 새로 부임했다. 가맹점 계약 실적 향상을 위해 그가 제일 먼저 한 일은 영업인들을 대상으로 보험회사 인센티브 지급 방식을 도입한 것이다. 가맹점 계약 시 일정 금액의 인센티브를 영업인들에게 지급하는 제도를 시행한 것이다. 이 인센티브 제도는 자신이 몸담고 있던 보험회사에서 효과를 거둔 동기부여 방법이었다. 정규직과 동일한 수준의 고정급에다 계약 건당 인센티브를 추가로 지급하기로 했다. 그러나 시행 후 6개월간 인센티브 수혜자는 한 명도 나오지 않았다. 새로 부임한 영업 리더를 비롯한 경영진은 이해할 수 없었다. 열심히만 하면 얼마든지 인센티브를 받아 갈 수 있는 좋은 제도가 있는데, 왜 실적이 오르지 않는지 알 수 없었다. 영업 리더는 수차례 인센티브 제도를 수정하고 보완했으나 수혜자도 없었고 계약 실적도 오르지 않았다. 도대체 이유가 무엇일까?

연구 결과에 의하면, 금전적 인센티브는 더 '열심히 일하게working hard' 하는 데는 효과가 있지만, 더 '전략적으로 일하게working smart' 하는 데는 효과적이지 않은 것으로 나타났다.

급여를 2배로 올려주거나 인센티브를 지급하면 영업인들의 의욕이 상승되어 더 열심히 일하게 된다. 상담 건수를 하나라도 더 늘리려 하고, 늦은 시간까지 업무에 열중하려 든다. 그러나 이것이 전략적으로 일한다는 의미는 아니다. 영업인이 '열심히'의 차원을 넘어 '전략적'으로 일하게 하려면 다른 동기부여 방식으로 접근해야 한다. L사의 프랜차이즈 가맹점을 유치하는 영업은 영업인의 활동량보다는 전략적 접근 방법이 중요한 특성을 가지고 있었기 때문에 인센티브가 효과를 발휘하지 못했던 것이다.

포상을 비롯한 각종 인센티브 제도는 동기부여의 수단으로 오랫동안 활용되어왔다. 인센티브를 통해 잘한 사람은 더 잘할 수 있게 하고, 그렇지 못한 사람은 더 분발할 수 있게 하려는 것이다.

이러한 벤치마킹 실패 사례의 심각한 문제는 첫째, 사람들의 눈에 금방 들어오는 것 그리고 일반화하기 어려운 검증되지 않은 관행을 모방하는 것이다. 보험 상품 영업을 하는 영업인들의 동기부여 방식이 프랜차이즈 가맹점 모집 영업을 하는 영업인들에게도 동기부여가 될 것이라고 판단한 것이 잘못이다.

필자가 만난 L사의 영업 리더는 다음과 같이 말했다.

"1년 정도 지난 다음에야 알았습니다. 금전적 보상이 모든 영업인들에게 효과가 있는 것은 아니라는 것을요."

두 번째 문제는 회사마다 경영 전략, 경쟁 환경, 비즈니스 모델 등이 다르기 때문에 각자가 성공하기 위해서 취하는 방법은 다를 수 있다는 점을 간과 한데 있다. 다른 곳에서 효과가 있었다 하더라도 우리도 그럴 것이라는 보장은 없다. 다른 업종의 관행을 모방하는 경우는 말할 것도 없고, 같은 업종에서라도 무분별한 모방은 오히려 큰 손실로 연결될 수 있는 것이다.

근본적인 문제는 대부분의 회사들이, 제대로 성과가 날지 의심하지도 않고 그저 남의 것을 베끼기에 급급하다는 데 있다. 이 꽃에서

저 꽃으로 이동하면서 꽃가루를 퍼뜨리는 벌같이 한 회사에서 써먹은 아이디어를 다른 회사에도 퍼뜨리는 임원들이나 컨설턴트들은 이런 사태를 더욱 악화시킨다.

그래도 벤치마킹을 하고 싶다면 성과 없이 돈과 노력을 낭비하기 전에 다음 세 가지 질문을 통해 점검해 보기 바란다.

- 내가 벤치마킹하려는 회사의 그 시스템이 그 회사의 성공 요인일까?
- 벤치마킹하려는 회사의 그 시스템이 실적 향상으로 이어진 이유는 무엇일까?
- 좋은 시스템처럼 보이지만 내가 시행했을 때 무슨 문제나 단점들이 나타날 수 있을까?

위의 질문에 디해 혹시 벤치마킹 대상 회사는 당신이 보지 못하는 다른 방법을 통해 성공한 것은 아닌가도 생각해 보라.

과거의
성공 경험
따라하기

당신의 눈이 잘 보이지 않아 안경점을 찾아갔더니, 안경사가 도수가 아주 높은 돋보기를 하나 써보라고 주면서 "잘 보이시죠, 이걸 쓰세요"라고 했다고 가정해 보자. 그 이유를 묻자 "조금 전에 왔던 손님도 같은 도수의 돋보기를 드렸더니 아주 잘 보인다고 했습니다"라고 한다면 당신은 어떨까? 이러한 비논리적인 의사결정은 영업 현장에서도 실제로 많이 발견된다.

M사는 매년 전역하는 초급장교들을 영업인으로 채용했다. 새로 부임한 임원이 근무하던 이전 직장에서는 전역하는 초급장교들을 정기적으로 채용하는 관행이 있었다. 이유는 간단했다. 장교 출신들이 리더십이 있을 것이라고 믿었기 때문이었다. 하지만 몇 년간의 실적 자료를 분석해본 결과 장교 출신들의 리더십 역량과 영업 실적과의 상관관계는 존재하지 않았다.

많은 영업 리더들은 면접 시 옛 직장에서 가지고 온 채용 방식이나 자신의 주관적 판단에 의해 영업인을 채용한다. 현재 상황과 관계없이 과거의 전략이나 관행을 그대로 강행하는 것이다.

"과거의 경험을 통해 미래를 예측하는 것보다 좋은 것은 없다"라는 말은 이렇게 자신이 몸담고 있던 곳에서 효과를 보았다는 이유로 상황이 다른 곳에 가서도 계속해서 과거의 관행을 적용하는 영업 리더들에게 딱 맞아떨어지는 말이다.

물론 과거의 경험을 통해서 배워서 현재 주어진 역할을 더 잘 수행하고 성과를 낼 수 있는 역량을 개발해야 한다는 데 이견은 없다. 하지만 현재 상황이 과거와 다를 때 그리고 과거에 옳다고 배웠던 것들이 현재는 분명히 틀리거나 완전하지 않을 때, 과거의 관행을 따라 하는 것은 새로운 문제를 일으킨다.

벤치마킹과 마찬가지로 다음과 같이 간단한 질문을 통해 점검해 보면, 무작정 과거를 답습하다가 어려움에 빠지는 시행착오를 피할 수 있을 것이다.

- 모방하려는 관행이 과거의 성공과 직접적인 관련이 있다고 확신하는가?
- 모방하려는 관행 때문에 성공했을까?
- 새로운 상황 즉, 사업 영역, 기술 역량, 고객층, 경쟁 환경 등이 과거 상황과 비슷하다고 해서 과거에 성공했던 관행이 새로운 상황 아래에서도 유효할까?

• 과거에 효과적이었다고 믿었던 관행들이 효과적이었는지 논리적으로 설명
할 수 있는가?

이러한 위의 질문에 자신 있게 답할 수 없다면 도입하려는 방식이
나 정책이 이번에도 성공할지 확신할 수 없는 것이다.

검증되지 않은
신념 따라 하기

영업 리더들은 깊게 뿌리박힌 자신의 가치관이나 신념을 탄탄한 논리나 사실에 근거하기보다 자신이 효과적이라고 믿는 영업 관행을 영업 조직에 적용한다. 이러한 잘못된 의사결정을 내리는 현상이 광범위하게 퍼져있어서 쉽게 바꾸기 어렵다. 이것이 결과적으로 기업에 가장 큰 피해를 끼친다.

세계 최대의 여론조사기관인 갤럽Gallup의 연구 결과에 따르면, 상위 25%의 영업인들이 회사 수익의 57%를 올리고 있으며, 회사에 따라 약간의 차이는 있지만 상위 10%에 속하는 영업인들의 실적이 전체 평균치의 10배 이상인 것으로 나타났다.

그런데 영업 현장에서 코칭이나 컨설팅 또는 교육을 실시하는 경우 그 대상은 십중팔구 저성과자들이다. 핵심 인재들이나 예비 승진자들을 대상으로 실시하는 경우도 있지만 드문 것이 사실이다. 이처럼 대부분의 기업들은 저성과자들을 변화시키기 위해 많은 시간과 비용을 투자한다. 이는 그들로 인한 고민이 크다는 사실을 보여주는 것이다.

갤럽의 벤슨 스미스Benson Smith와 토니 루티글리아노Tony, Rutigliano의 연구 결과에 따르면 평범한 영업 리더와 뛰어난 영업 리더의 차이는 어떤 영업인에게 시간을 할애하느냐에 따라 결정된다고 한다.

평범한 영업 리더들은 공평함의 신화를 믿는다. 모든 영업인을 같은 방식으로 관리해야 한다고 생각하며 편애하지 않으려고 노력한다. 그러나 유능한 영업 리더들은 다른 노력을 기울인다. 유능한 영업 리더들은 최하위 실적의 영업인들을 위해 10%의 시간밖에 할애하지 않는다. 그리고 실적이 뛰어난 상위 그룹의 영업인들에게 50%의 시간을 할애한다.

현장의 영업 리더들에게 이러한 근거를 제시해도 좀처럼 자신의 신념을 바꾸지 않으려 한다. 그들은 자신의 경험에서 비롯된 신념으로 버티면서 증거를 무시하고 신념의 옳고 그름에 상관없이 의사결정에 지속적으로 영향을 미친다. 그러므로 가치관이나 신념의 유혹에 넘어가지 않기 위해서, 다음과 같이 질문해 보기 바란다.

• 어떤 영업 관행을 특별히 선호하는 이유가 사람과 조직에 대한 나의 직관과 맞아 떨어지기 때문인가?

- 나의 신념과 일치하든 안 하든 근거나 데이터를 통해 현안에 대해 엄밀하게 검증하는가?
- 나와 동료들이 집단으로 공유하는 믿음이나 신념 때문에 의사결정에 필요한 데이터 수집을 게을리하거나 데이터를 무시하지는 않는가?

반쪽 진리를
사실로 바꾸기

영업 분야에 종사하는 많은 사람들이 진리라고 생각하는 반쪽 진리에 의해 의사결정과 지침을 만든다. 그리고 다양한 영업 분야에서의 현장 경험이나 자신의 신념에 사로잡혀서 체계적으로 현장을 이해하기를 거부하거나 객관적으로 관찰하지 못한다. 그들은 보고 싶은 것만을 보고 더 이상 논리적으로 사고하지 못한다. 그래서 대다수의 영업에 관한 반쪽 진리들은 사실과 동떨어지며, 이러한 현장 영업 리더들이 만들어낸 반쪽 진리들 중에는 상당수의 오류가 있다. 만일 반쪽 진리들을 사실로 대체하며 반쪽 진리의 진위 여부를 데이터를 통해서 검증할 수 있다면 그 조직은 경쟁 우위를 누릴 수 있을 것이다.

야구의 경우에 '최고의 팀을 만들기 위해서는 선수의 자질이 무엇보다 중요하다'라는 반쪽 진리가 존재한다. 검증해 보면 팀의 연봉 총액과 팀 성과와 상관관계는 놀랄 만큼 약하다. 메이저 리그의 각 팀의 연봉 규모와 성적을 비교해 본 연구에 의하면 강팀과 약팀의 연봉 총액과 팀의 성과 사이에는 상관관계가 없다.

대부분의 영업 조직에서는 엄청난 데이터를 수집할 수 있는 프로야구 팀들이나 글로벌 기업들처럼 사업 현장과 정보 시스템에서 데이터를 정기적으로 얻을 수 있는 경우와는 달리 의사결정에 필요한 데이터를 바로 얻지 못하는 경우가 있다. 그렇다고 해서 무분별한 벤치마킹이나 과거의 경험이나 신념, 반쪽 진리에 계속 의지하면서 현재와 미래의 영업 조직을 계속 이끌고 나가야 한다면 결과는 보나 마나일 것이다.

필요한 정보를 제때에 제공해 줄 인프라가 제대로 구축되어 있지 않거나 데이터가 기대 수준이 아니라 하더라도 영업 리더들의 추측이나 반쪽 진리, 막연한 희망에 의존하지 않고 근거와 논리의 도움을 받을 수 있는 길이 있다.

우선 당신이 가진 가정의 진위 여부를 판단하기 위해서 정성적 데이터부터 수집해 보는 것이다. 현장 방문은 이런 목적을 달성하는데 아주 적절한 방법이다.

요약하면 시행하려는 제도나 정책의 저변에 있는 반쪽 진리들을 신중하게 검토하기만 해도 수많은 실증적 연구가 밝혀낸 근거나 결론과 비슷한 결론에 이를 수 있다는 것이다. 그러나 이 말은 절대로 경험을 참고하지 말라는 말이 아니다. 데이터 확보가 어렵더라도 문제를 구조적으로 보며 가정을 검토해 보면 종종 데이터 분석을 통해서 얻을 수 있는 결론과 비슷한 결론을 얻을 수 있다는 말이다.

시행하고 싶은 영업 정책이나 관행, 아니면 어떤 실험적 가정들이 정말 말이 되는지 집단의 경험과 지혜를 가지고 검증해 보자. 만약 그 가정들이 문제가 없다면 계속 진행하고, 그렇지 않다면 더 이상 고려하지 않아야 한다.

어떤 아이디어나 관행들을 시행하기에 앞서 이들이 전제하는 가정들의 타당성을 진단할 때 〈표 1-1〉의 질문들을 활용해 보기 바란다.

〈표 1-1〉 비즈니스 아이디어 / 관행을 검증하기 위한 질문

• 그 아이디어나 관행이 사람과 조직에 대해 무엇을 가정하고 있는가? • 그 아이디어나 관행이 효과를 발휘하려면, 어떤 조건이 전제되어야 하는가?
• 당신과 동료들이 볼 때 합리적이고 올바른 가정은 무엇인가? • 반대로 틀리거나 의심스러운 가정은 무엇인가?
• 가정 가운데 하나가 성립하지 않더라도 그 관행이 여전히 효과적일까?
• 전제가 되는 가정들을 현실적으로 올바르다는 것을 입증하기 위해서, 저렴한 비용으로 신속하게 데이터를 수집할 수 있을까?
• 사람과 조직에 대해서 당신이 옳다고 믿는 가정들과 일치하면서, 동시에 현재의 문제나 이슈를 해결할 수 있는 다른 아이디어나 관행은 없을까?

연구 결과나 현장의 소리 그리고 데이터를 활용해 그럴듯한 가정에 도전하고 검증해 보자. 불투명한 미래에 대응할 수 있는 적절한 판단력과 효과적인 의사결정을 도와줄 것이다.

의심하고
질문하고
검증하라

필자는 영업 리더들이 얼마나 열심히 일하는지 알고 있다. 그런데 어떤 결정을 내려야 하는 데 정보는 불확실하다. 그래서 최고로 손꼽히는 영업 리더들도 많은 실수를 하며, 회사 안팎에서 비난을 감수한다. 이런 측면에서 영업 리더의 입장은 계속 결정을 내려야 하는 의사의 입장과 유사하다. 아무리 유능한 의사라 하더라도 매번 최고의 결정을 내릴 수 없다.

'히포크라테스의 선서'로 유명한 그리스의 히포크라테스는 이런 의사결정의 어려움을 잘 표현하고 있다.

"환자를 살릴 기회는 순식간이고, 의술을 익히기에는 시간이 걸린다. 상황은 긴박하고 실험은 위험하며 결정은 어렵다."

히포크라테스의 말을 대입해보면 왜 영업 리더들이 근거 기반의 영업경영을 실천해야 하는지를 잘 설명해 주고 있다. 지금도 수많은 반쪽 진리가 영업 리더들을 유혹하고 있다. 절반만 맞는 그럴듯한 아이디어 때문에 많은 영업 리더들의 경력에 금이 가고, 회사들의 운명이 바뀌고 있다. 그러나 이들에게 반쪽 진리의 오류에 대해 아무리 사실과 근거를 통해 제시해도 대게 이들의 귀는 열리지 않는다. 시간이 부족해서도 아니고, 지식이나 데이터가 없어서도 아니다. 필자는 영업과 관련된 지식시장을 깊이 관찰해 본 결과, 영업 지식을 평가하는 잘못된 기준들과 역효과를 내게 하는 잘못된 가르침들이 상당수 존재한다는 것을 알게 되었다.

이런 기준들과 가르침들은 확실하게 근거 기반의 영업경영을 가로막는 가장 큰 장애물이다. 따라서 근거 기반의 영업경영을 실행하려면 영업경영에 관한 올바른 지식을 수집하고 학습하고 평가해서, 기존의 방식들에 대해 검증하고 올바른 기준과 가이드라인으로 바꿀 필요가 있다. 조사 결과 기존 관행에 따라 영업 리더의 위치에 오른 사람들을 보면 그들의 공통점은 새로운 것을 접해 본 일도 없고 새로운 기준을 구축해 본 경험 또한 없었다.

아무도 해 보지 않은 새로운 것을 시도한다는 것은 쉬운 일이 아니다. 새로운 기준의 생산자가 된다는 것은 더욱 어려운 일이다. 하지만 어설픈 벤치마킹이나 과거의 성공 경험은 급변하는 시대에 더 이상 도움이 되지 않는다. 따라서 앞으로 영업 리더가 되려면 현장의 디테일을 이해하고 근거에 기반한 전략과 시스템을 구축할 수 있는 새로운 기준의 생산자가 되어야 한다.

과거에는 컨설턴트들의 도움을 받아 선진 기업들이 성공적으로 수행했던 영업경영 기법들을 벤치마킹하면 그런대로 성과를 낼 수 있었다. 그러나 지금은 다르다. 우리는 더 이상 과거의 사례나 기법의 노예가 되어서는 안 된다. 적어도 영업 리더라면 끊임없이 자문해야 한다. 물론 과거를 통해 배울 것도 있지만 정작 필요한 것은 현재 처한 현실과 근거에 기반한 새로운 기준이다. 언제까지 선진 경영 기법이나 반쪽 진리의 노예로 있어야 하는가.

이제는 영업 리더가 주체가 되어 현장을 경험하고, 분석한 결과를 토대로 성장 동력은 어디에서 나오며, 영업 성과 요인은 무엇인지 기준을 제시할 수 있어야 한다. 그것이 바로 영업 리더의 역할이다.

미래를 내다보는 선견지명은 질문에서 비롯된다. 모두가 대답하려고 할 때, 외롭게 혼자서 질문하는 사람만이 영업 조직의 리더가 될 자질을 갖춘 사람이다.

다음 장부터 소개하는 논문들은 수많은 현재의 기준들이 어떻게 왜 잘못되었는지를 보여주고 계속해서 근거 기반 영업경영의 개념에 부합하는 아이디어를 시장에서 찾아낼 수 있는 통찰을 제시할 것이다. 이 책에서 제시하는 기준과 철저한 분석을 통해 누구의 조언을 받아들여야 할 것인지, 거부해야 할 것인지를 분명하게 판단할 수 있기 바란다.

PART 2

최고의 영업인은 태어난다

2장 참고문헌

1. Barrick, Murray R. and Michael K. Mount(1991), "The Big Five Personality dimensions and job performance : A meta-analysis," Personal Psychology, 44(1), 1-26.

2. Barrick, Murray R., Greg L. Stewart and Mike Piotrowski(2002), "Personality and representative," Journal of Applied Psychology, 87(1), 43-51.

3. Conte, Jeffrey M. and Jeremy N. Gintoft(2005), "Plychoronicity, big five Personality

 dimensions, and sales performance," Human Performance, 18(4), 427-444.

4. David Mayer and Herbert M. Greenberg(2006), "What Makes a Good Salesman" Harvard Business Review.

5. Johnston, Mark W. and Greg W. Marshall(2011), Churchill/Ford/Walker's Sales Force Management, 10th ed., MaGraw-Hill, 249-259.

6. McClellanf, David C.(1973), "Testing for competence rather than for 'intelligence'," American Psychologist, 28(1), 1-4

7. Spiro, Rosann L., Gregory A. Rich, and William J. Stanton(208), Management of a sales Force, 12th ed., McGraw-Hill, 126-148.

8. Vinchur, Andrew J., Jeffery S. Schipmann, Fred S Switzer, , and Phillip L. Roth(1998), A meta-analytic review of predictors of job performance for salespeople," Journal of Applied Psychology, 83(4), 586-597.

9. Wiles, Micheael A. and Rosann Spiro(2004), "Attracting graduates to sales positions and the role of recruiter knowledge: A reexamination," Journal of Personal Selling & Sales Management, 24(1), 39-48.

10. Zoltners, Andris A., Prabhakant Sinha, and Sally E. Lorimer(2009), Building a Winning Sales Foece, AMACOM, 395-420.

교육 훈련의
한계와
채용의 중요성

"유능한 영업인은 만들어지는가? 혹은 태어나는 것인가?"라는 주제는 영업경영에 있어서 대단히 중요한 의미를 지닌다. 만들어지는 측면이 강하다면 교육 훈련이 매우 중요한 의미를 지니게 되고, 반면에 타고나는 측면이 강하다면 교육 훈련보다는 채용이 훨씬 중요한 의미를 지니게 된다.

〈그림 2-1〉은 앤드리스 졸트너스Greggor A. Zoltner와 프라바칸트 신하Prabhkant Sinha가 연구한 빙산 모델이다. 영업인의 능력을 기술, 지식, 자질 등 3개의 차원으로 구분하고 그중에서 보이는 부분(기술과 지식)은 교육 훈련을 통해서, 보이지 않는 부분(자질)에 대해서는 채용을 통해서 충족시키는 것이 타당하며, 외부로 보이는 부분보다 보이지 않는 내적인 부분이 성공적인 영업 활동을 위해 더 중요하다는 것을 나타낸다.

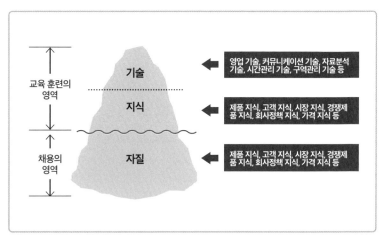

〈그림 2-1〉 채용과 교육 훈련의 빙산모델

　　기업에서는 영업인들의 전문성 향상을 위해 부족한 부분을 채울 수 있도록 기술과 능력을 가르친다. 하지만 유능한 영업 리더가 되려면 우수한 영업인을 채용하는 것이 영업경영에 있어서 다른 무엇보다 중요하다. 이 밖에 채용이 중요한 이유는 교육 훈련의 한계성, 영업인 역할의 고도화, 잘못된 채용의 부정적 역할, 부족한 인적 자원 등의 요인들을 들 수 있다. 채용과 더불어 유지도 중요하다. 우수한 영업인이 이직하면 이들의 채용이나 교육 훈련 등에 소요된 비용이 물거품이 되어버림은 물론, 매출 기회를 상실하는 결과를 초래하기 때문이다.

　　결론적으로 성공적인 영업경영을 위해서는 교육 훈련을 통해 영업 스킬이나 지식을 배양하기에 앞서 성장하는 과정에서 자연스럽게 길러지는 타고난 특성과 자질을 갖추고 있는 영업인을 채용하는 것이 중요하다. 즉, 영업인들은 제각기 다른 동기부여 요소를 가지고 있으며, 사고 방식이나 동료들과의 관계에서도 나름대로의 스타일이 있다. 또한 사람들을 변화시키는 것은 한계가 있어 모든 영업인들을 동일하게 만들기란 애초에 가능하지 않다. 따라서 영업인 개개인의 특성을 활용하여 그가 가지고 있는 것을 더욱 잘할 수 있도록 그리고 그것을 통해 성과를 낼 수 있도록 도와주어야 한다.

우리나라에서는 영업인의 특성과 성과와의 관련성에 대한 연구가 많지 않다. 그러나 일부 연구에서 영업인의 성과 지향성, 학습 지향성, 고객 지향성, 감정 조절 능력, 개념적 사고 능력, 분석적 사고 능력, 솔선성, 자신감, 타인을 이해하는 능력, 질서에 대한 관심 등의 다양한 특성들이 성과에 영향을 미치고 있는 것으로 나타났다. 이러한 영업인의 특성들도 부분적으로는 교육 훈련을 통해 양성할 수도 있지만 대부분은 영업인이 되기 이전부터 가지고 있는 특성이라 할 수 있다.

결론적으로 성공적인 영업 활동을 수행하기 위해서는 교육 훈련을 통해 영업 기술이나 지식을 배양하는 것도 중요하지만, 유능한 영업인이 되기 위해 갖추어야 할 많은 특성들은 타고나거나, 혹은 성장하는 과정에서 자연스럽게 길러지는 것이기 때문에 자질을 갖춘 영업인을 채용하는 것이 영업혁신의 시작이라 할 수 있다.

역할에 대한 인식과 영업력

길버트 처칠Gilbert Churchill, 닐 포드Neil Ford, 스티븐 허틀리Steven Hartley, 오빌 워커Orville Walker 등이 연구한 〈세일즈맨 성과 결정 요인 : 메타분석The Determinations of Salesperson Performance: A Meta-Analysis〉은 20세기에 발표된 영업에 관한 연구 중에 학자들이 뽑은 가장 중요한 논문이다. 이들은 학계에 발표된 모든 연구를 요약하여 영업인의 성과에 영향을 미치는 공통적 특성을 파악하고 정리했다.

주요 '영업 성과 결정 요인'을 추려 내서 적성, 숙련도, 동기, 역할 인식 그리고 개인적, 조직적, 환경적 요인으로 분류했다. 메타 분석을 실시한 결과 영업인의 성공은 상황마다 전혀 다른 요인에 의해 결정되는 것으로 나타났다.

동기가 영업 실적에 가장 큰 영향을 주는 경우는 산업 용품처럼 장기간의 영업 주기를 거쳐야 하는 경우였다. 반면에 적성이 중요한 경우는 고객과 장기간 관계를 이어갈 가능성이 적고, 단시간 내에 많은 계약을 성사시킬 수 있는 역량이 필요한 경우였다. 그런데 동기나 적성보다 더 중요한 요인이 하나 있었다. 나이, 성별, 키, 체중, 인종, 교육 수준, 결혼 상태 심지어 클럽 회원권까지 포함한 다양한 개인적 요인이다. 개인적 요인과 적성의 차이는 신체적 능력과 재능의 차이만큼 다르다.

예를 들어 농구 선수는 키가 크다고 해서 꼭 선수로서의 재능을 타고난 것은 아니지만 키가 크면 남보다 덩크슛을 넣기에 유리할 수 있다. 마찬가지로 회원제 골프 클럽에 가입한다고 해서 다른 회원들에게 물건을 팔수 있다는 뜻은 아니지만 적어도 그들에게 접근할 수는 있다.

개인적 요인에 관한 연구에서는 연구한 업계마다 결과가 전혀 다르게 나왔다. 어떤 업계에서는 개인적 요인이 수행에 중요한 영향을 미치는 반면, 다른 업계에서는 거의 영향을 주지 않았다. 고급 부동산 중개업에서는 골프클럽 회원권이 중요한 요인이다. 그러나 도로 건설 업체에 아스팔트를 파는 영업에서 골프 회원권은 도움이 되지 않았다. 매력적인 외모가 유리한 경우도 있다. 반면 전화 판매는 외모가 중요한 요인이 아니었다.

결론을 말하자면 판매 실적을 예측하는 가장 중요한 요인은 역할 인식이었다. 영업인이 자기가 하는 일을 어떻게 생각하는지가 실적에 가장 큰 영향을 미쳤다. 스스로 어떤 일을 하는지 왜 하는지 인식하고 어떤 보상이 주어지고 감동을 주려는 대상이 누구인지를 명확히 파악하는 사람이 최고의 영업인이 되었다.

그러나 영업 직무에 대한 이해가 부족하고 내면의 갈등이 심할수록 판매 실적도 부진했다. 방향을 잃거나 목적의식이 없으면 실적을 올리지 못했다. 여느 인간 활동과 마찬가지로 영업 활동도 갖가지 개인적 윤리적 갈등을 겪는다. 영업인이 명확하고 솔직한 지침도 없이 온갖 갈등으로 갈팡질팡한다면 이미 실패의 지름길에 들어선 것이다. 회사나 영업 리더가 방향을 잡아주지 못하는 상황이라면 혼자서 길을 찾아야 한다. 따라서 영업인으로 성공하려면 자신이 그 일을 왜 하는지 알아야 하고 어느 정도 준비가 되어 있는지 파악하는 노력이 무엇보다 중요하다.

영업인의 역할인식이 영업 성과에 미치는 영향에 대해서는 10장의 〈Churchill, Ford and Walker〉의 모형에서 좀 더 자세히 설명해 놓았다.

공감과
자아 욕망

데이비드 메이어David G. Mayer와 허버트 그린버그Herbert M. Greenberg는 보험회사 영업인들을 대상으로 이들의 퇴사 원인을 분석한 결과, 성공적인 영업인들에게는 공감empathy과 자아 욕망ego drive이라는 두 가지 자질이 반드시 필요하다고 결론 내렸다(〈표 2-1〉 참조).

한마디로 경청을 통해 고객의 생각을 이해할 정도로 공감 능력이 뛰어나고 계약을 이끌어 낼 만큼 자아가 강해야 한다는 것이다.

두 연구자는 유능한 영업인과 무능한 영업인을 각각 소총과 열추적 미사일에 비유했다. 소총은 발사되면 목표물을 명중시키거나 목표를 지나친다. 반면에 열추적 미사일은 목표물에 접근해서 끝까지 추적하면서 결국 명중시킨다. 공감 능력은 정교한 추적 장치 역할을 하면서 영업인들이 창의적인 방법으로 고객이 무엇을 원하는지 알아내서 충족하도록 도와준다.

자아 욕망은 영업인이 계약을 성사시켜 자부심을 높이려는 욕구에서 생긴다. 단순한 돈벌이로는 부족하다. 제품 하나를 계약할 때마다 자아정체성을 찾아가는 투쟁으로 생각해야 한다. 영업의 성격상 실패할 때가 많다. 실패하면 자아상이 위축되기 때문에 자아가 약하면 오래 일하기 힘들다. 오히려 실패하면 더 잘해보자는 동기가 생겨나고 성공하면 그들이 찾던 자아성장이 일어나야 한다. 따라서 부분적으로 약해서 크게 강화시켜야 되는 자아와 충분히 강해서 오히려 오기가 발동해 절대 주저앉지 않는 자아 사이에서 절묘한 균형을 찾아야 한다.

그래서 좋은 영업인을 찾기란 쉽지 않다. 공감 능력이 뛰어나면서도 계약을 성사시키지 못할 만큼은 아니라야 한다. 또한 자아 욕망이 강하면서도 잠시 숨을 고르면서 상대가 원하는 게 무엇인지 알아낼 수 있어야 한다. 계약을 성사시킬 만큼 적극적이어야 하지만 사람들이 꺼릴 정도로 저돌적이어서는 안 된다. 공감 능력이 지나치게 뛰어나면 사람 좋다는 소리는 들을지 몰라도 실적은 바닥을 칠 것이다. 자아 욕망이 지나치게 강하면 가는 곳마다 초토화시킬 것이다. 그리고 둘 다 부족하다면 영업 분야에 발을 들여놓지 않는 것이 좋다.

연구에서는 영업인들이 1년 내에 50% 이상이, 3년 내에 무려 80%가 퇴사한다는 것을 발견했다. 이들 기업의 손실 또한 엄청났다. 그동안의 급여, 판매 수수료 등 영업비용은 물론이고, 채용과 훈련에 들어간 시간과 에너지, 회사 이미지, 조직의 사기, 영업력 약화 등 보이지 않는 비용까지 합치면 회사는 많은 손실을 입었다.

메이어와 그린버그 두 사람은 이로 인한 경영자의 고민을 채용과 교육으로 해결할 수 있다고 주장한다. 즉, '공감 능력empathy'과 '자아 욕망ego drive'을 가진 사람을 선발해서 교육해야 하고, 공감을 통해 고객으로부터 신뢰를 얻을 수 있고, 어떤 상황에서도 목표를 달성하고 성장하려는 의지가 있는 사람을 선발하기 위해 채용 단계에서부터 노력해야 한다는 것이다. 또한 채용 후에도 교육과 훈련 과정을 통해 이 두 가지 역량 습득에 초점을 맞추어야 한다는 것이다.

〈표 2-1〉 영업인들에게 반드시 필요한 2가지 자질

	Empathy 낮음	Empathy 높음
Ego Drive 높음	판매를 위해서 자신만의 방법을 고집하는 경향	Top Seller (최고의 영업인)
Ego Drive 낮음	더 이상 영업 사원이 아님	"Nice Guy"(고객과 잘 어울리기는 하나 판매를 이끌어 내지 못함.)

이처럼 성공하는 영업인이 되는 데에는 경험보다 공감 능력이나 자아 욕망이 훨씬 더 중요한 요소라는 것을 알 수 있다.

낙관성과
영업력

메트라이프 생명보험의 CEO인 존 크리돈은 마틴셀리그먼 교수에게 심리학자로서 경영자들에게 해 줄 말이 있느냐고 물었다. 예를 들어 보험을 잘 팔 수 있는 사람들을 선발하는 데 심리학이 도움을 줄수 있는지, 또 축 처진 비관적인 사람들을 "예, 할 수 있습니다!"라고 외치는 낙관적인 사람으로 바꾸는 방법을 심리학이 개발할 수 있는지 하는 것들이었다.

당시 메트라이프 생명보험은 매년 5천 명의 신입 영업인을 채용했다. 회사는 6만 명쯤 되는 지원자 가운데 각종 검사와 면접을 실시해신중하게 선발 후, 집중 훈련을 실시했다. 그럼에도 불구하고 채용한인원의 절반이 1년 안에 직장을 그만두고, 남아 있는 영업인들의 성과도 점점 감소했다. 그러다가 입사한 지 4년이 지나면 80%가 직장을 떠났다. 당시 메트라이프 생명보험은 영업인 한 사람을 채용하여 교육하는 데 드는 비용이 무려 3만 달러가 넘었다. 따라서 매년 영업인을 채용하는 비용으로 수 천만 달러를 허비하고 있는 셈이었다.

오래전부터 미국 보험업계에서는 영업인으로 적합한 사람들을 선발하기 위한 검사법을 개발해 왔다. 그중 하나인 '경력분석표'는 생명보험경영연구협회에서 발간한 것이었다. 메트라이프 생명보험회사에 지원하는 모든 사람들이 이 경력분석표를 작성해야 했으며, 12점 이상의 점수를 얻은(전체 지원자들 중 30% 정도) 지원자들을 경영진이 면접하여 마음에 드는 사람들을 채용했다.

첫 번째 연구에서 셀리그먼은 낙관성이 영업 성과와 관계가 있는지 그 상관관계를 연구해 보기로 했다. 우선 자신이 개발한 질문지를 200명의 경력 사원들에게 돌렸다. 그 가운데 절반은 실적이 나쁜 사람들이었다. 질문지 조사 결과 실적이 좋은 사람들이 실적이 나쁜 사람들보다 훨씬 더 낙관적인 것으로 나타났다. 질문지와 실제 영업 실적을 비교해 보았더니 낙관적인 사람들이 입사한 후로 2년 동안 평균 37% 더 많은 실적을 올랐음이 확인되었다. 질문지 점수가 상위 10% 안에 드는 영업인들이 하위 10% 안에 드는 영업인들보다 88%나 더 많은 실적을 올렸던 것이다.

이 연구를 통해 실적이 좋은 영업인이 실적이 나쁜 영업인들보다 더 낙관적인 이유에 대한 설명으로는 두 가지 관점이 제안되었는데, 하나는 '낙관성이 성공을 낳는다'는 측면, 곧 낙관성 때문에 잘 팔게 되고 비관성 때문에 못 팔게 된다는 설명이고, 다른 하나는 '잘 팔기 때문에 낙관적으로 되고 못 팔기 때문에 비관적인 사람이 된다'는 설명이다.

두 번째 연구는 어떤 원인이 어떤 결과를 유발하는지를 밝혀내는 것이었다. 그러기 위해서 영업인들의 낙관성을 채용 시점에서 측정한 뒤, 다음 해까지 누가 가장 좋은 실적을 올리는지 살펴보기로 했다. 이론을 검증하기 위하여 1983년 1월 펜실베이니아 서부 지역에 처음으로 채용된 104명의 영업인들을 대상으로 연구했다. 이미 경력 분석표를 통과하여 발령 전 훈련까지 마친 이들에게 낙관성을 측정하는 질문지를 돌렸다. 그리고 그들의 판매 실적 자료가 쌓이기까지 일 년을 기다렸는데, 그 결과는 놀랄 만한 것이었다. 보험회사의 신입 영업인들이 전국 평균을 훨씬 웃돌 정도로 매우 낙관적인 사람들이었던 것이다. 연구진이 그동안 검사했던 집단은 자동차 영업인, 사관학교 신입생, 대통령 후보, 메이저리그의 야구 스타, 세계적인 수영 선수 등이었다. 결국 보험 판매업에 발을 들여놓는 것만으로도 강한 낙관성이 필요하고, 거기서 성공하려면 극도의 낙관성이 필요했던 것이다.

일 년 뒤 영업인들이 어떻게 지내는지 살펴보았다. 그 결과, 그들의 절반 이상이 퇴사했음이 드러났다. 104명 중 59명이 입사한 첫해에 회사를 그만두었다.

그럼 어떤 사람들이 그만두었을까? 낙관성에 대한 질문지 점수가 '덜 낙관적인' 그룹에 속한 영업인들이 '더 낙관적인' 그룹에 속한 직원들보다 두 배나 높은 퇴사율을 보였다. 그리고 '덜 낙관적인' 25%에 속하는 영업인들은 '가장 낙관적인' 25%에 속한 영업인들보다 세 배나 높은 퇴사율을 보였다. 이와는 대조적으로 경력분석표에서 가장 낮은 점수를 얻은 사람들은 고득점자들보다 사직 비율이 더 높지 않았다.

현실적 관심사인 최상위 그룹의 판매 실적은 어땠을까? 질문지 점수가 상위 절반에 속하는 직원들은 하위 절반에 속하는 직원들, 그러니까 '덜 낙관적인' 직원들보다 20% 더 많은 판매 실적을 올렸다. 그리고 상위 25%에 속하는 직원들은 하위 25%에 속하는 직원들보다 50% 더 많이 판매했다. 이 경우에는 경력분석표도 예측력이 있었다. 경력분석표 점수가 상위 절반에 속하는 직원들은 하위 절반에 속하는 직원들보다 37%를 더 판매했다. 이 둘은 중복되지 않았고 각자 독립적인 관점을 제공하는데, 검사를 합쳐 보면 두 검사에서 모두 상위 절반에 속한 직원들은 모두 하위 절반에 속하는 직원들보다 56%를 더 판매했다.

결론적으로 낙관성은 누가 살아남을 것인가를 예측했고, 누가 가장 많이 판매할지에 관해서도 보험 업계의 통상적인 검사법과 비슷한 정도로 예측했다. 결국 메트라이프 생명보험은 그때부터 모든 지원자들에게 '낙관성 질문지'를 돌리기로 결정했으며, 대담한 전략의 일환으로 직원들을 낙관성에 따라 채용하기 시작했다. 이러한 메트라이프 생명보험의 사례는 영업인 채용 문제와 관련해서 중요한 시사점을 주고 있다.

조직의 구멍, 이직을 관리하라

유능한 영업인을 채용하는 것도 중요하고 영업인들이 각자의 재능을 개발하여 성과를 내게 하는 것도 중요하지만, 영업인의 수를 적정하게 유지하는 것도 그에 못지않게 중요하다. 물론 일정 정도의 이직은 정상적일 뿐 아니라 영업 조직을 위해서도 바람직할 수 있다.

예를 들어 성과가 부진한 영업인이 이직을 하고 그 자리를 새로운 아이디어와 역량을 가진 영업인이 채워준다면 조직에 활기를 불어넣을 수 있다. 그러나 이직률이 필요 이상으로 높아지면 영업적 손실이 커지므로 이를 방지하기 위한 조치를 취해야 한다. 특히 실적이 우수한 영업인이 이직하게 되면 다시 원래 상태로 회복하는 데 오랜 시간이 걸리기 때문에 이직하지 않도록 특별히 더 많은 노력을 기울일 필요가 있다.

L사는 평소 영업인의 적정 인원을 40명으로 보고 이를 유지하고

있었다. 이중 실적을 올리는 경우는 13명 정도이다. 3분의 1은 이직 (후퇴 기간)을 고려하고 있으며, 나머지 3분의 1은 신입 사원들로 현장 적응 중이다. 그러다 보니 전체적인 영업력이 좀처럼 올라가지 않았다. 유능한 영업인들은 경쟁사의 스카우트 제의를 받아 퇴사하고, 신입 사원들도 적응하는 과정에서 영업 리더의 보호와 지원을 받지 못하고 도중에 하차하는 경우가 빈번하다. 한마디로 영업 리더의 역할 부재로 발생한 일이다.

이렇게 된 원인은 영업 리더들이 자신의 할당량을 채워야 했기 때문이었다. 영업인이 이직하면 매출이 감소할 뿐 아니라 대체 인력 투입에 따른 비용이 증가하여 수익성이 악화된다. 따라서 영업 리더는 평소에 이직과 관련한 업무를 우선적으로 수행하여야 한다. 이직과 관련한 영업 리더의 역할은 후퇴 기간, 공백 기간, 적응 기간 등으로 나누어 살펴볼 수 있다(〈그림 2-3〉 참조).

후퇴 기간

영업 리더는 평상시에 여러 정보원을 통해 이직 가능성이 높은 영업인을 파악하려는 노력을 계속해야 한다. 정보원은 같은 회사의 영업인일 수도 있고, 다른 회사의 영업인일 수도 있다. 경우에 따라서는 경쟁사의 영업 리더나 고객이 될 수도 있다. 또한 영업 실적의 추이를 통해 이상 징후를 감지한 후 영업인 본인이나 주변인들을 통해

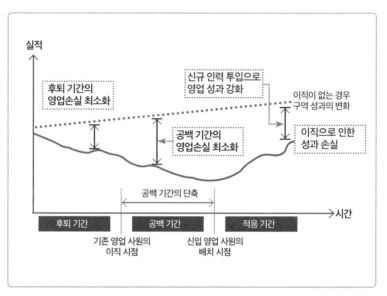

<그림 2-2> 이직으로 인한 기회 비용

확인해볼 수도 있다.

　이직을 고려하고 있는 영업인이 실적이 좋지도 않고 발전 가능성도 희박한 경우라면 아무런 조치를 취하지 않을 수 있다. 하지만 실적이 우수하거나 지금은 평범하지만 발전 가능성이 큰 영업인이라면 신속한 조치를 취해야 한다. 그가 최종 결정을 하기 전에 불만 요인을 찾아 해결해 줌으로써 이직하지 않도록 해야 한다.

공백 기간

이직으로 인한 매출 감소와 기회 비용을 생각할 때 공백 기간은 최대한 단축시켜야 한다. 이직이 발생하고 나서 채용 절차를 시작하면 신입 사원을 교육시켜 배치하기까지 시간이 많이 소요될 수밖에 없다.

영업 리더는 과거의 이직 관련 통계 자료를 분석하여 일정 기간에 발생하는 이직 규모를 예측하고 이를 바탕으로 평소에 일정 규모의 신입 영업인을 채용하여 교육 훈련을 시키고 이직이 발생하면 바로 배치할 수 있도록 만들어야 한다. 프로야구 구단에서 운영하는 2군에 비유할 수 있다. 1군 선수의 부상, 성적 부진, 갑작스러운 은퇴 등에 대비하여 2군을 적절히 활용하는 것이다.

예를 들어 B2B 영업을 하는 M사는 대형 빌딩의 자동제어시스템 설계부터 시공까지 맡아 하는 기술영업 중심의 회사이다. 전국에 영업인을 두고 있는데, 어떤 구역도 혼자서 담당하는 일이 없도록 인원을 배치한다. 영업인의 이탈로 인한 공백이 발생하지 않도록 해야 한다는 오너의 강력한 의지가 반영되었기 때문이다. 이 회사는 수년 전 영업인들의 이탈 때문에 고객 정보 유출은 물론 서비스 공백으로 어려움을 겪은 다음부터 재발 방지 차원에서 이와 같은 방침을 시행하게 되었다.

공백 기간에 특히 유의할 부분은 주요 고객에 대한 관리이다. 고객들은 영업인의 부재로 인해 소홀히 대우받고 있다고 생각되면 더 좋은 거래 조건을 제시하는 업체로 옮기는 것이 좋겠다고 판단할 수 있다. 특히 우수 고객의 경우에는 경쟁사가 공백 기간을 틈타 유치에 심혈을 기울일 가능성이 높으므로 해당 구역을 담당하는 영업인이 없어도 주요 고객에 대한 관리가 소홀해지지 않도록 해야 한다. M사에서처럼 완충 작용을 할 수 있도록 인원을 배치하는 것도 좋은 방법이다. 따라서 영업 리더는 고객과 관련된 정보들을 항상 파악하고 공유해야 한다.

적응 기간

영업 리더는 새로 배치된 영업인이 잘 적응할 수 있도록 적절한 도움을 주어야 한다. 잘 설계된 교육 훈련 프로그램을 통해 신입 영업인이 조직 문화에 적응하도록 돕는 한편, 영업에 필요한 지식이나 기술 등을 습득할 수 있게 관심을 기울여야 한다. 또한 영업 현장에서의 세심한 코칭으로 현장 감각을 끌어올려 해당 구역에서의 매출이 최대한 빨리 회복될 수 있도록 노력해야 한다.

국내 기업들의 영업 조직을 진단해 보면 재능 있는 많은 신입 영업인들이 6개월도 채 지나지 않아 회사를 떠나는 것을 알 수 있다. 또한 이직하는 영업인들과의 인터뷰를 해보면 교육 훈련 부족과 영업 리더들의 관심 미흡이 이직의 주된 사유임을 알 수 있었다.

PART 3

전략과 현장은
함께 가야 한다

3장 참고문헌

1. B. A. Weitz, and M. Sujan(1990), "Increasing Sales Productivity by Getting Salespeople to Work Smarter," Journal of Personal Selling and Sales Management, (8). 9-19.

2. Cespedes, Frank V(2016). "What Senior Executives Should Know About Sales." European Business Review (September–October): 10–13.

3. Cespedes, Frank V., and Steve Thompson(2015). "Don't Turn Your Sales Team Loose Without a Strategy." Harvard Business Review (December 15).

4. D. Van De Walle, S. P. Brown, and J. W. JrSolocum(1990), "The influence of goal orientation and self-regulation tactics on sales performance : longitudinal field test," Journal of Applied Psychology, Vol.84, No.2, 249-259.

5. E. D. Babakus, W. Cravens, K. Grant., T. N. Ingram, and R. W. LaForge(1994), "Removing salesforce performance hurdles," Journal of Business & Industrial Marketing, Vol.9. (3)19-29.

6. G. A. Churchill, N. M. Ford, and O. C. Walker(1974), "Measuring the job Satisfaction for Industrial Salesman," Journal of Marketing Research, Vol.4, (8)254-260.

7. J. M. Sinkula, W. Baker, and T. G. Noordewier(1997), "A Framework for Market-Based Organizational Learning Linking Values, Knowledge and Behavior," Journal of the Academy of Marketing Science, Vol.25, 305-318.

8. J. L. Meece, P. C. Blumenfeld, and R. H. Hoyle(1988), "Students' Goal Orientation and Cognitive Engagement in Classroom Activities," Journa of education Psychology, Vol.80, No.4, 514-523.

9. J. C. Narver and S. F. Slater(1990), "The Effect of a Market Orientation on Business Profitability," Journal of Marketing, Vol.54, (10)20-35.

10. Sujan, Harish(1986), "Smarter Versus Harder: An Exploratory Attributional Analysis of Salespeople's Motivation," Journal of Marketing Research, Vol.23, 41-49.

영업경영의
핵심

영업경영의 핵심은 한 마디로 '전략과 영업을 한 방향으로 이끄는 리더십Aligning Strategy and Sales'이다. 즉, 〈그림 3-1〉에서와 같이 영업 리더는 영업이 나아가야 할 좌표와 방향Strategic을 정하고 성과에 영향을 미치는 다양한 영업경영 수단(채용, 교육 훈련, 성과 평가, 보상, 동기부여 등)을 시스템Systematic화하고 측정과 예측 가능하도록 영업 활동 과정을 과학적Scientific으로 관리해야 한다. 이 세 가지 요소(알파벳 첫 글자를 따서 '3S')는 한 방향Aligning으로 이끄는 역량이 영업경영의 핵심이자 영업 리더에게 요구되는 리더십이다.

각 기업의 영업 전략은 어떤 상황에서든 성장해야 하기 때문에 무한 경쟁 속에서 다양해지고 있다. 영업 조직에 대한 평가는 전략을 성과로 만들어 내는 실행력에서 차이가 난다. 그러므로 영업 리더들은 조직의 나아갈 방향에 대해 분명한 비전을 제시하고 이를 실현하

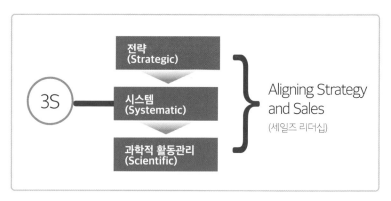

〈그림 3-1〉 3S 영업 관리 TREE

기 위한 성공적인 전략을 실행하도록 노력해야 한다. 그러나 전략이 제대로 실행되지 않아 실패하는 경우가 많다. 그 때문에 많은 영업 리더들이 허술한 전략으로 인해 비난을 받아왔고, 자리에서 물러나 기도 했다.

그러나 진짜 문제는 전략 때문만은 아니다. 아무리 훌륭한 전략이 있더라도 현장에서 일어나는 일을 알지 못하면 실패할 수밖에 없다. 전략을 성공적으로 실행하는 데 필요한 가장 중요한 열쇠는 전략과 영업을 한 방향으로 균형있게 일치시키는 것이다. 즉, 어떻게 물건을 파는지와 달성하고자 하는 목표가 같은 선상에서 서로 연결되어 있어야 하는 것이다. 그렇다면 영업 리더들은 성공적인 전략 실행을 위해 무엇을 해야 할까?

첫째, 상시적으로 외부 환경을 파악하고 그것이 영업에 미칠 영향을 분석해야 한다. 모든 가치는 회의실이 아닌 시장에서 결정된다. 시장의 흐름과 변화, 고객의 이슈 등을 면밀히 들여다보고 그에 따른 파장을 세심히 살펴야 한다.

둘째, 분석한 외부 환경을 바탕으로 영업 방식을 정해야 한다. 고객에게 가치를 전달하고 성과를 내기 위해 무엇을 어떻게 하고 있는가를 물었을 때 제대로 답하는 기업들이 거의 없다. 무조건 영업인들에게 부딪쳐서 성과를 올리라고만 한다. 이러한 방식으로는 아무것도 이룰 수 없다. 따라서 자사의 전략에 부합하는 특별한 방식을 알려주어야 한다. '전략의 힘은 여러 분야에서 어느 정도 잘하는 것보다 경쟁사가 따라 할 수 없는 어느 한 가지를 뛰어나게 잘하는 것'이라는 것을 명심해야 한다. 즉 자신만의 강점을 살려야 한다는 말이다.

셋째, 영업팀이 목표를 달성할 수 있도록 역량을 끌어올려야 한다. 그러기 위해서는 능력을 갖춘 사원을 채용하여 적절하고 충분한 트레이닝을 받게 해야 한다. 업무 방향도 확실히 해두어야 한다. 그래야 실행이 빨라져 더 많은 수익을 거둘 수 있다. 또한 지속적인 커뮤니케이션으로 영업인들의 업무 태도를 개선하는 일에도 소홀함이 없어야 한다.

넷째, 전략과 영업을 한 방향으로 이끄는 리더십을 발휘해야 한다. 영업 리더는 전략을 수행하는 영업인들과 함께 현장에 나가 정보를 수집하고 끊임없이 소통해야 한다. 영업인들과 대화를 나누어 필요한 부분을 지원하고, 고객들을 만나 제품에 대한 평가를 들어야 한다. 그리고 고위 영업 리더들은 고객을 만난 지 오래되었다면 현장에 직접 나가 고객들과 제품에 대해 이야기를 나누며 누가 이 제품을 구매하는지, 왜 구매하는지, 또는 왜 구매하지 않는지 등 회사 제품에 대한 평가를 얻어야 한다. 이러한 현장의 리더십이 한 방향으로 전략과 영업을 동일 선상으로 이끌어 가는 방법이다.

결국 전략을 실행하는 과정에서는 고객의 생각과 시장을 이해하며 환경 변화에 대한 대응력을 키워야 한다. 책상머리는 영업의 세계를 바라보기에는 매우 위태로운 곳이다.

성공적으로 전략을 실행하는 것은 결코 쉬운 일이 아니다. 이와 관련한 성공 사례가 흔치 않은 현실만 봐도 그것을 알 수 있다. 무엇보다 영업 리더는 적극적으로 나서야 한다. 경영자의 의지와 뒷받침이 중요한 것은 두말할 필요도 없다. 이를 통해 전략이 현장의 실행으로 나타나면 영업 성과는 자연스럽게 창출된다.

전략과
현장의
일치

영업! 성패의 관건은 전략과 실행의 일치 여부이다. 특히 영업에서는 전략과 현장의 연결이 성패에 결정적이라 해도 과언이 아니다.

시장이 급변하고 경쟁이 날로 심화되는 가운데 기업들은 새로운 성장 전략을 세우느라 노심초사하고 있다. 때로는 허술한 전략 때문에 큰 낭패를 겪기도 하고, 전략은 훌륭한데 실행이 되지 않아 실패로 끝나기도 한다.

하버드 비즈니스 스쿨에서 경영학을 가르치는 프랭크 세스페데스 Frank V. Cespedes 교수는 전략과 영업 현장의 조화를 강조했다. 그의 연구에 따르면 기업들이 수립한 전략 중에서 성공적으로 수행되는 경우는 극히 일부에 지나지 않는다. 또한 전략 수행에 따른 재무 성과도 기업들이 최초에 내세운 목표치의 평균 50~60% 수준인 것으로 밝혀졌다.

왜 이런 문제가 나타나는 것일까? 가장 큰 이유는 고객들을 상대해 본 지 오래된 전략가들(영업 리더)이 실제 현장에서 필요한 전략의 핵심을 제대로 파악하지도 못하기 때문이다. 따라서 영업인들은 현실과 동떨어진 전략을 이해하기도 수행하기도 어렵다. 이른바 전략과 영업의 불일치하기 때문이다. 세스페데스 교수는 이를 '전략의 성직자(영업 리더)'와 '영업의 죄인(영업인)'으로 빗대어 표현했다.

영업 현장은 기업의 가치가 만들어지기도 하고 소멸하기도 하는 곳이다. 그러나 현실은 영업인들의 고객 응대 활동과 기업의 전략이 어떻게 연결되는지 명확하게 설명해 주는 전략 기획안을 찾아보기가 힘들다. 전략과 현장이 따로 노는 것이다.

이러한 전략 기획안이 만들어지는 절차를 들여다보면 이유를 알 수 있다. 기획하는 사람들과 실행하는 사람들이 서로 다른 쪽을 바라보고 있기 때문이다. 시간이 갈수록 그 간극은 점점 더 벌어진다.

일반적으로 기업들이 일을 추진하는 절차는 다음과 같다. 먼저 세일즈 킥오프 미팅kick-off meeting, 사업 착수 회의를 열고, 이어서 본사가 각 지점에 이메일을 보내 지침을 하달한다. 그리고 지점들로부터 보고를 받아 취합한다. 그러나 그 과정에서 '소통'은 거의 이루어지지 않는다. 대부분 일방적이다. 실적 부진 등의 문제가 발생해도 근본적인 원인을 파악하지 못한 채 그대로 넘어가는 경우가 많다. 다른 이슈는 말할 것도 없다.

영업인들을 대상으로 한 교육에서도 비슷한 문제가 나타난다. 상담이나 협상과 관련한 스킬만 알려줄 뿐 달성할 목표의 우선순위나 전략적 의미와 같은 포괄적 차원의 맥락은 공유해 주지 않는 경우가 대부분이다. 이는 회사의 전략이 명확하지 않거나 외부로 유출될지 모른다는 걱정 때문일 수도 있을 것이다.

그러나 시장에서 경쟁력을 갖기 위해서는 경영진이 나서서 전략을 구체화하고 공유해야 한다. 회사의 영업 전략을 모든 영업인들이 공유하지 못해서 생기는 문제가 전략의 노출로 인한 문제보다 훨씬 더 큰 손실을 야기하기 때문이다.

영업 리더의
수준이
영업력이다

경영자나 영업 리더들이 생각하는 것처럼 영업 조직의 성과는 영업인의 지식, 스킬, 태도 등을 개선한다고 해서 쉽게 달라지지 않는다. 영업 조직의 영업력과 성과를 변화시키려면 영업 조직의 리더와 관리 시스템 그리고 조직 문화가 변해야 한다.

필자의 연구 결과에 의하면 국내 영업 조직에는 다음과 같은 공통점이 있다.

첫 번째는 영업 성과의 향상을 위한 영업 리더들의 프레임이 과도하게 영업인의 역량과 실적 개선에 초점이 맞춰져 있다. 영업 리더들은 실적 개선 과제로 영업인들이 신규 거래선 개척에 대한 노력 부족, 니즈 파악 및 클로징 스킬 부족, 전문성 부족, 목표의식, 활동량 등과 같은 문제들만 언급한다. 이에 비해 변화하는 고객의 니즈를 반영한 경쟁력 있는 설루션의 개발, 전략 수행에 적합한 영업 조직의 개편,

영업 리더의 리더십, 관리 역량개발 등 영업 전략이나 영업 리더의 전문성에 초점을 맞추고 있는 경우는 상대적으로 매우 적다.

두 번째는 기업에서 영업 관리자들을 위해 시간과 예산을 투자하지 않는다. 영업인의 역량 개발을 위해 지출되는 비용에 비해 영업 리더들을 위해 투자한 비용과 시간은 지극히 적다. 그런데 아이러니하게도 많은 기업들은 영업 리더들이 리더로서 역할을 가르쳐주지 않아도 잘 수행할 것이라고 믿고 있다. 국내 기업들 중에 일 년에 단한 번도 영업 리더들의 전문성과 역량 개발을 위한 교육이나 워크숍을 하지 않는 기업들이 많다. 이게 과연 올바른 일일까?

이와 같이 건전한 영업 문화를 만들고, 적합한 영업인을 선발 및 육성하고, 영업 모델에 적합한 프로세스를 형성하는 데 무지한 영업 리더들이 이끄는 영업 조직은 어떤 모습일까? 말하지 않아도 알 수 있을 것이다.

세 번째는 고위층 영업 리더들은 당면한 현실의 성과에만 몰두한 나머지 전략적으로 사고하거나 행동하지 않는다.

"올해의 영업 부문 핵심 전략은 무엇입니까?"

이 질문에 자신 있게 답할 수 있는 영업 리더들이 생각보다 많지 않다. 영업인들은 더 말할 것도 없다. 영업 조직의 구조는 궁극적으로 영업 전략의 영향을 받는다. 영업인의 역할 또한 영업 전략의 영향을 받는다. 전략이 분명하지 않으면 영업 조직은 물론 영업인도 오합지졸이 되고 만다. 따라서 영업 리더들이 전략을 명확히 이해하고, 그것을 구성원들과 함께 커뮤니케이션하는 것은 매우 중요하다. 만일 상대 기업과 축구 시합을 하는 데 선수들이 자신의 포지션을 모르거나 골을 넣어야 할 골대의 방향을 모른다고 생각해 보자.

많은 영업 리더들은 영업력 향상의 중요 요소로 영업인들의 전문화를 이야기한다. 하지만 영업인들의 전문화는 전문성 있는 영업 리더의 역량에서 비롯된다는 것을 알아야 한다.

영업 조직은 하부로부터 변화하지 않는다. 따라서 전체 영업 조직의 영업력과 경쟁력을 변화시키려면 영업 리더의 전문성과 관리 시스템 그리고 조직 문화가 변해야 한다.

선택하고
집중하라

영업 전략은 시장에서 경쟁 우위를 선점하기 위한 선택에 관한 것이다. 그런 만큼 선택은 명확해야 한다. 그럼에도 불구하고 불분명한 선택이 많다. 영업 활동을 하면서 수많은 결정들이 전략적인 접근 없이 내려진다. 그리고 나서 부문 간에 잘했니 잘못했니 하며 다툰다.

기업은 항상 가용한 시간, 인력, 자본을 가지고 무엇을 생산하여 판매할 것인가, 무엇을 판매하지 않을 것인가에 대한 선택을 해야 한다. 단기적 이슈에 집중하든, 중장기적 이슈에 집중하든 중요한 것은 명료성이다. 명료성이 부족한 전략은 영업인들로 하여금 마구잡이식 매출만 올리면 된다는 생각을 갖게 하고 결국에는 영업의 방향성을 잃게 한다.

전략적 선택은 단계적으로 이루어져야 한다. 먼저 '고객에게 제공하는 가치'와 '고객으로부터 기대하는 가치'의 관련된 목표를 정한다.

기대 목표를 정하는 것은 성공적인 전략의 선택에 있어 매우 중요한 요소이다. 그럼에도 불구하고 연구 결과를 보면 관리자들의 75%가 전략 선택 과정에 어려움을 겪는다고 내답한다. 그 이유는 고객 가치에 대한 최신 정보는 영업 접점과 고객 서비스 접점, 마케팅 부문 등이 가지고 있는 반면 비용에 관한 정보는 재무, 생산, 회계 부문이 가지고 있기 때문이다. 서로 정보가 공유되지 않는 것이다. 영업 과정이 복잡할 수록, 수주에서 납품까지의 시간이 길수록, 유지 보수 과정이 복잡할수록 이러한 현상은 더욱 심하다.

그다음 단계는 '어느 시장을 공략할 것인가?'를 선택하는 것이다. 수익을 얻기 위해 어느 고객, 어느 영역을 파고들 것인가를 결정하는 것이다. 전략의 범위에 관한 문제인 것이다. 다음은 거기에서 '어떻게 승리할 것인가?'이다. 경쟁에서 승리하려면 고객에게는 평균 이상의 가치를, 회사에는 평균 이상의 수익을 제공할 수 있어야 한다.

마지막으로 '성과 향상을 위해 어떤 역량을 강화할 것인가?'이다. 성과 향상을 위해서 영업 부문 외에 지원 부문에서도 어떤 역량을 강화해야 하는지 선택해야 한다. 개발해야 할 역량이 무엇이며, 어느 수준까지 개발해야 하는지 정리해야 한다.

영업경영은 이러한 전략을 수행하는 데 필요한 요소들을 적절하게 유지하거나 강화하거나 재배치하는 활동이다. 영업에서 지속적으로 성과를 낼 수 있는 비결은 연구 개발, 마케팅, 생산, 코칭, 교육 훈련 등 특정 부문의 강화에 있지 않고, 이러한 사항들을 전략에 맞게 한 방향으로 균형을 이루게 하는 데 있다. 따라서 우선순위를 정하고 일관성 있게 집중해야 한다.

가장 중요한 전략부터 실행하라

조직 활동의 핵심 원칙 중 하나는 사람은 한 번에 한 가지 일만 탁월하게 수행할 수 있다는 것이다.

예를 들면 공항Airport은 이런 원칙이 가장 존중되고 잘 지켜지는 곳의 하나이다. 공항 주변에는 이륙과 착륙을 위해 선회하고 있는 수백 대의 비행기들이 있고, 이들 하나하나가 모두 중요하다. 수십 대의 비행기는 착륙 허가를 받기 위해 선회하고 있다. 만일 당신이 관제사라면 어떤 비행기부터 착륙시키겠는가? 어떤 기종부터 적용하겠는가? 여객기 한 대가 막 착륙하려는 순간이다.

관제사 : "SM100 착륙해도 좋다."

지금 이 순간, 항공관제사에게는 SM100 단 한 대의 비행기가 가장 중요하다. 관제사는 레이더를 통해 다른 모든 비행기의 상황을 파악하고 있다. 모든 비행기의 위치를 계속해서 지켜보고 있다. 그러나 지금 모든 역량과 전문성은 착륙을 시도하는 단 한 대의 비행기에 집중되어 있다. 만약 SM100기를 안전하게 착륙시키지 못하면 이 관제사가 그동안 해낸 일은 아무 소용이 없게 된다.

전략도 이와 비슷하다. 학자들이 권하는 것은 전략의 우선순위를 정하고 가장 중요한 전략 하나부터 실행하라는 것이다.

당신의 조직에서 가장 중요한 한 가지 전략을 선택하는 것은 매우 어려운 일이다. 전략을 선택했다면 계획한 대로 목표가 달성될 때까지 성실하게 그 전략에 집중해야 한다. 그렇다고 다른 중요한 것들을 무시하라는 것은 아니다.

'방법이 있지 않을까?' 하고 자문할지도 모른다. 많은 영업 리더들이 여러 개의 전략들을 한 번에 이루려는 생각으로 매일 여러 가지 전략에 조금씩 노력한다. 하지만 이런 영업 리더들은 각각의 전략에 보통이나 그 이하의 성과 밖에 내지 못한다. 한 가지의 핵심 전략에 집중을 하지 않기 때문이다. 이것이 바로 한 가지 전략도 제대로 달성하지 못하는 이유이다.

여기에 적용되는 원칙은 중력의 원칙과 비슷하다. 우리가 중력의 법칙을 무시할 수 있지만, 중력은 우리를 무시하지 않는다. 또한 우리가 한 번에 한 가지를 탁월하게 수행할 수 있다는 원칙을 무시할 수도 있고, 이 원칙에 따라 가장 중요한 전략을 한 가지씩 달성해 갈 수도 있다. 이제 선택은 당신의 몫이다.

PART 4

전략에 맞게
영업 조직을 재편하라

4장 참고문헌

1. Corn, William L. and Thomas E. DeCarlo(2010), Sales Management: Concepts and Cases, 10th ed., John Wiley. & Sons, Inc., 78-81, 153-174.

2. Grant, Ken, David W. Cravens, George S. Low, and William C. Moncrief(2001), "The role of satisfaction with territory design on the motivation, attitudes, and work outcomes of salespeople," Journal oh the Academy of Marketing Science, 29(2), 165-178.

3. Homburg, Christian, John P. Workman. Jr., Ove Jensen(2000), "Fundamental changes in marketing organization: The movement toward a customer-focused organization structure," Journal of the Academy of Marketing Science, 28(4), 459-478.

4. Ingram, Thomas N., Raymond W. LaForge, Raman A, Avila, Charles H. Schwepker, Jr., and Michael R. Williams(2009), Sales Management : Analysis and Decision Making, 7th ed., M.E Sharp, 101-108.

5. Spiro, Rosann L., Gregory A Rich, and William J. Stanton(2008), Management of a Sales Force, 12th ed., McGtaw-Hill, 385-403.

6. Spiro, Rosann L., Gregory A Rich, and William J. Stanton(2008), Management of a Sales Force, 12th ed., McGtaw-Hill, 91-112.

7. Weitz, Barton and Kevin Bradford(1999), "Personal selling and sales management: A relationship marketing perspective," Journal of Personal & Sales Management, 27(Spring), 241-254.

8. Zoltners, Andris A., Prabhakant Sinha, and Greggor A. Zoltners(2001), The Complete Guide to Accelerating Sales Foece Performance, AMACOM, 111-131.

9. Zoltners, Andris A., Prabhakant Sinha, and Sally E. Lorimer(2009), Building a Winning Sales Foece, AMACOM, 124-125.

10. Zoltners, Andris A., Prabhakant Sinha, and Greggor A. Zoltners(2001), The Complete Guide to Accelerating Sales Foece Performance, AMACOM, 132-159.

영업 조직의
역할

영업 활동을 수행하는 조직이 수립된 전략에 적합한 형태로 만들어지지 않으면 전략의 수행이 어려워지고 목표 달성 또한 어려워지기 때문에 조직이 어떠한 구조를 가지는가는 매우 중요한 의미를 지닌다.

〈그림 4-1〉에서와 같이 영업 조직의 전략과 구조는 영업 전략의 구체적인 실행을 연결시키는 가교 역할을 한다.

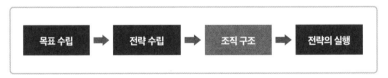

〈그림 4-1〉 조직의 가교 역할

조직은 특정한 목적을 달성하기 위해 여러 사람들이 모여 있는 집단을 의미한다. 조직을 만드는 이유는 구성원 각자가 따로 업무를 수행하는 것보다 조직을 갖추고 업무를 수행할 때 너 효과적이기 때문이다. 조직의 목표는 구성원들의 업무를 통해서 달성된다. 따라서 업무의 수행은 그 사람에 의해 이루어지지만 조직 구조는 사람이 아닌 업무를 중심으로 결정되어야 한다.

영업 조직 구조도 영업 목표의 달성을 위한 영업 전략에 가장 잘 부합하는 형태로 구성되어야 한다. 영업 전략과 영업 조직의 구조가 조화를 이루지 못하면 영업인들의 활동이 조직이 추구하는 영업 전략과 일치하는 방향으로 이루어지지 않게 된다. 이렇게 되면 조직이 추구하는 목표 달성을 할 수 없게 된다.

예를 들어 어떤 영업 조직이 '시장 점유율 20% 증가'라는 목표를 세우고, 이를 달성하기 위한 영업 전략으로 상위 10%의 주요 고객을 대상으로 한 관계 강화 활동을 통해 매출을 30% 이상 증가시키는 데 두고 있다고 가정해보자.

그런데 영업 조직은 영업인 별로 담당 구역이 균등하게 정해져 있어 영업인의 활동이 모든 지역에서 균등하게 이루어진다면 영업 전략이 효과적으로 전개될 수 없을 것이다. 이러한 경우에는 지리적 구조보다는 영업팀이 주요 고객을 전담하는 고객 중심적 영업 구조가 적합하다.

영업 조직의 구조는 지역적 구조인지, 제품이나 특정 고객 중심 구조인지, 기능을 중심으로 하는 구조인지에 따라 영업인의 업무 내용도 달라지고, 영업인에게 필요한 지식이나 기술도 달라진다.

따라서 영업 조직의 구조는 어떤 영업인을 채용할 것인지, 어떠한 교육 훈련이나 코칭을 실시할 것인지, 성과 평가나 보상을 어떻게 할 것인지 등에 따라 영업경영 수단을 운영하는 데에도 영향을 미친다. 그러므로 영업경영 수단들에 대한 의사결정을 하기 전에 영업 조직에 대한 결정이 우선적으로 이루어져야 한다.

영업 조직 구조의 넓이와 깊이

영업 리더는 영업인의 채용, 교육, 실적 관리, 평가, 동기부여, 이직 등 거의 영업 전반에 걸쳐 영향을 미치게 된다. 따라서 효과적으로 영업 조직을 관리하기 위해서는 '한 사람의 영업 리더가 몇 사람의 영업인을 관리할 것인가?' 하는 관리의 넓이와 '몇 단계의 위계를 두어 관리할 것인가?'하는 관리의 깊이에 대한 결정이 매우 중요하다. '넓이'는 영업 관리의 범위, '깊이'는 위계의 수라할 수 있다.

영업 조직 구조의 넓이와 깊이는 의사결정의 집중화 및 분권화와 밀접한 관련이 있으며 이는 영업인의 직무 내용, 숙련도, 커뮤니케이션의 난이도, 성과 측정의 정도와 통제 수단의 유무 등에 영향을 미친다. 즉, 직무 내용이 단순할수록, 영업인들의 숙련도가 높을수록, 커뮤니케이션이 원활하게 이루어질수록 성과 측정이 잘 이루어지고, 관리 수단이 강력할수록 영업 리더는 영업인들의 행동을 일일이 관

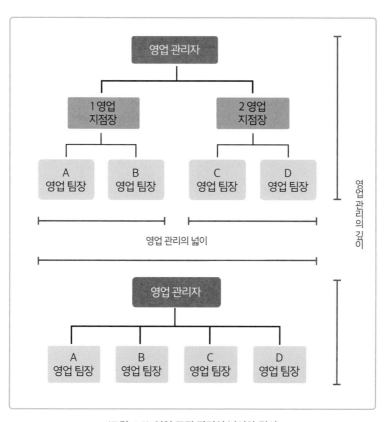

<그림 4-2> 영업 조직 관리의 넓이와 깊이

리할 필요가 줄어들기 때문에 관리의 범위가 늘어날 수 있고 위계의 깊이 또한 적어진다.

　이와 같이 영업 조직 구조의 넓이와 깊이는 서로 상반되는 경향이 있다. 같은 숫자의 영업인이 있을 경우에 위계의 숫자가 늘어나면 한 사람의 영업 리더가 관리해야 하는 영업인의 숫자는 줄고 위계의 숫자가 줄어들면 관리해야 하는 영업인의 숫자는 늘어난다.

〈그림 4-2〉는 이러한 현상을 나타내고 있다. 위쪽의 그림은 위계의 수는 크지만 관리의 범위는 좁다. 반면에 아래쪽의 그림은 관리의 범위는 넓지만 위계의 수는 적다.

그런데 관리의 범위가 넓어지면 영업인 관리가 제대로 이루어지지 않는 단점이 있고, 위계의 수가 많아지면 의사결정 과정이 길어지고 간접비용이 과다하게 소요되고 조직이 관료화되는 단점이 있다. 따라서 관리의 넓이와 깊이를 결정하는 것은 쉬운 일이 아니며 장·단점을 고려하여 조직의 전략과 목적을 뒷받침할 수 있는 방향으로 결정되어야 한다.

영업 조직 구조의 넓이와 깊이를 결정할 때 고려해야 할 또 한 가지 중요한 사항은 영업 리더의 역량이다. 영업 리더의 역량을 초과하는 관리의 넓이와 깊이는 영업 조직 운영에 많은 부작용을 발생시킨다. 영업 조직 구조의 깊이와 폭은 영업 전략을 뒷받침할 수 있어야 함은 물론 영업 리더의 역량에 맞게 결정해야 한다.

영업 조직 구조의 깊이에 대한 결정이 최근 들어 더욱 중요성을 갖는 이유는 이에 대한 결정이 의사결정의 집중화 및 분권화와 관계가 있다. 의사결정 집중화를 도모할 때는 영업 리더가 내린 결정이 하부 조직에 신속하고 정확하게 전달될 수 있어야 하고, 이를 위해서는 통제의 범위가 좁고 위계의 수는 많은 조직이 바람직하다. 그러나 의사결정의 분권화를 도모할 때에는 관리의 필요성이 상대적으로 적기 때문에 영업 리더가 많은 하부 조직을 관리할 수 있고, 따라서 통제의 범위가 넓으면서 위계의 수가 적은 조직이 바람직하다.

위계의 수가 많고 통제의 범위가 좁은 집중화된 영업 조직은 상의하달上意下達에는 적합하지만 상급자로의 하의상달下意上達은 잘 이루어지지 않는다. 위계의 수가 작고 통제의 범위가 넓은 분권화된 조직은 반대로 하의상달은 잘 이루어지지만 상의하달은 잘 이루어지지 않는다. 따라서 집중형 조직은 시장이 안정적이고 고객의 니즈에 변화가 많지 않은 환경에서 적합한 조직이고, 분권형 조직은 시장에서의 변화가 심하고 고객의 니즈가 복잡해 신속하게 대응해야 하는 환경에 적합한 조직이다.

현대의 영업 환경은 경쟁이 심하고 고객의 니즈가 복잡해지면서 영업인들이 현장에서 신속하게 결정을 내리고 행동해야 할 상황이 늘어나고 있다. 이에 따라 의사결정에 시간이 걸리고 현장에서의 의견이 반영되기 어려운 집중형 조직보다는 하급자에게 많은 권한을 부여함으로써 신속한 의사결정이 이루어질 수 있도록 하는 분권화 조직이 현재에는 보다 많은 지지를 받고 있는 경향을 보인다.

바람직한 영업 조직의 기준

영업 조직의 유형에 대한 선택이 잘되었는지를 판단할 때 사용할 수 있는 기준으로는 적응성adaptability, 효율성efficiency, 효과성 effectiveness을 들 수 있다.

먼저 적응성은 외부에 어떠한 변화가 발생했을 때 기존 조직이 큰 변화 없이 얼마나 신속하게 외부의 변화에 대처할 수 있는가를 의미한다. 따라서 적응성이 뛰어난 영업 조직이란 판매하려는 제품이나 목표 시장에서 변화가 발생했을 때 기존 영업 조직 구조를 크게 바꾸지 않아도 영업 프로세스를 원활하게 변화시킬 수 있는 조직을 의미한다.

효과성과 효율성의 의미는 영업 조직의 일반적인 운영 프로세스를 통해 살펴볼 수 있다. 어떠한 조직이든 인적 자원과 물적 자원을 투입하여 업무를 수행하고, 이러한 업무 수행을 통해서 목표로 하는 결

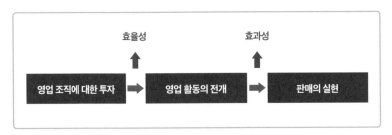

〈그림 4-3〉 효율성과 효과성의 차이

과를 성취한다. 이때 효율성은 투입된 자원과 수행된 양과의 비율을 의미하고, 효과성은 수행된 행동과 이로 인해 나타나는 결과의 비율을 의미한다.

이를 영업 조직에 적용하면 효율성은 영업 조직에 대한 투자에 대비하여 고객 방문 등과 같은 영업인들의 영업 활동이 얼마나 활발하게 이루어지고 있는가를 의미하고, 효과성이란 영업인들이 영업 활동을 전개하였을 때, 이러한 활동이 얼마나 매출로 연결되고 있는가를 의미한다(〈그림 4-3〉 참조).

일반적
영업 조직의
구조

영업에서 가장 일반적으로 사용되는 조직 구조는 지리적 영업 조직 구조이다. 지리적 조직 구조에서 영업인들은 구역이라고 불리는 일정한 지리적 영역에서 배타적 권한을 가지고 영업 활동을 전개한다. 그리고 적정한 수의 인접한 구역이 합쳐져서 지구地區를 형성하는 데 영업인들은 자신의 구역이 포함된 지구의 영업 리더의 지휘를 받게 된다.

지구 영업 리더의 지휘를 받는 영업인은 산업의 특성이나 기업의 규모에 따라 차이가 많지만 대체로 5명~20명 정도가 된다. 지구 영업 리더는 최일선 영업 리더이며 영업경영에 있어서 가장 핵심적인 역할을 한다. 몇 개의 인근 지구는 합쳐서 지역(地域)을 형성하며 이 지리적 단위의 책임자는 지역 영업 리더가 된다.

규모가 큰 지리적 영업 조직을 가지고 있는 경우 보통 3~4단계 위

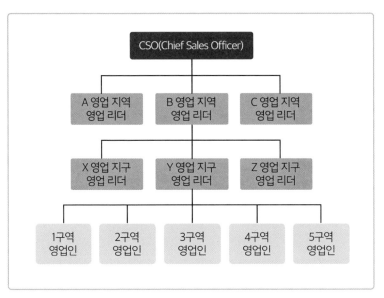

〈그림 4-4〉 지리적 영업 조직 구조의 예

계의 영업 리더가 존재한다. 〈그림 4-4〉는 CSOChief Sales Officer, 지역 수준의 영업 리더, 지구 수준의 영업 리더, 3단계 위계의 영업 리더가 있다. 최일선 영업 리더인 지구 영업 리더가 지구 내의 5개의 구역을 담당하는 영업인을 관리하고 있음을 나타내고 있다.

　이것은 업종과 기업에 따라 다양하게 불리고, 영업 리더의 명칭도 다양하다. 지역과 지구는 각각 지구와 지부로 불리기도 하고 권역과 지점 등으로 불리기도 한다. 또한 위계의 단계에 따라 차이는 있지만 지구 영업 리더는 주로 팀장, 소장 등으로 불리며 지역 수준의 영업 리더는 지역장, 본부장, 지점장 등으로 불린다.

지리적 영업 조직에서 영업인은 구역 내의 모든 기존 고객 및 잠재 고객을 대상으로 회사의 모든 제품이나 서비스를 판매하며, 잠재 고객의 발굴에서 판매 후의 서비스에 이르기까지 모든 활동을 수행한다. 따라서 지리적 영업 조직에서 한 영업인이 담당하는 구역은 제품이나 고객 중심의 영업 조직에서 한 영업인이 담당하는 구역보다 협소한 것이 일반적이다.

〈표 4-1〉 지리적 영업 조직과 제품 중심 영업 조직의 효율성 비교의 예

영업 조직 구조의 유형	영업인의 수	영업 구역
지리적 영업 조직	100명	영업인 1인당 평균 전지역의 1% 담당
제품 중심 영업 조직	제품 A담당 40명 제품 B담당 60명	제품 A담당 40명 : 1인당 평균 전지역의 2.5% 담당(100/40). 지리적 영업 조직 구조 영업인의 2.5배 제품 B담당 60명 : 1인당 평균 전지역의 1.67% 담당(100/60). 지리적 영업 조직 구조 영업인의 1.67배

지리적 영업 조직의 가장 큰 장점은 효율성은 매우 높다는 데 있다. 담당 구역이 협소해서 고객 방문을 위해 이동해야 하는 시간이 적게 걸리기 때문이다. 〈표 4-1〉은 2개의 제품을 판매하고 있는 기업이 100명의 영업인을 두고 영업 활동을 하고 있을 때를 가정하여, 지

리적 영업 조직의 효율성이 높은 이유를 제품에 특화된 영업 조직과의 비교를 통해 설명하고 있다.

지리적 영업 조직의 영업인은 상대적으로 좁은 지역에서 활동하기 때문에 담당 구역의 시장, 경쟁, 경제 등에 대한 상황을 상세하게 파악하는데 유리하다. 따라서 지리적 영업 조직의 영업인은 경쟁 구도의 변화 등 구역에서 발생하는 여러 가지 변화에 대해 보다 신속하게 대응할 수 있으며, 고객의 니즈에 대한 부응이나 요구하는 서비스의 제공도 보다 신속하게 이루어지는 장점이 있다. 영업 리더의 입장에서도 영업인들이 비교적 협소한 지역에서 활동하기 때문에 이들의 활동에 대한 관리가 상대적으로 수월하다.

CHAPTER 4-5

특화된
영업 조직의
구조

지리적 영업 조직 구조가 가장 효율적인 구조라면 모든 조직이 지리적인 형태를 가지고 있어야 하는 데, 꼭 그렇지는 않은 것은 무엇 때문일까? 〈그림4-5〉에서 영업인이 취급하는 제품, 구역 내의 세분시장, 수행하는 기능 등의 이질성의 정도에서 그 이유를 찾을 수 있다.

〈그림 4-5〉 특화 영업 조직의 필요성

제품이나 고객 그리고 수행하는 기능 등이 이질적일수록 영업인에게 요구되는 영업 전략이나 전문 지식은 매우 다양해진다. 그런데 요구되는 영업 전략이나 지식이 다양해질수록 한 영업인이 이를 모두 감당하기는 더욱 어려워지고, 고객을 방문했을 때의 판매 성공 확률, 즉 효과성은 줄어든다.

이 경우에 회사에서는 효과성을 높이기 위해 세분화된 시장 또는 기능별로 특화된 영업인을 두어 효과성의 증진을 모색하게 된다. 그러나 특화된 영업 조직을 구성하게 되면 영업인들 간의 담당 구역이 중복되기 때문에 효율성은 자연히 감소하게 된다. 따라서 특화된 영업 조직을 구축하기 위해서는 효과성의 향상으로 인한 이득이 효율성의 감소로 인한 손실보다 크다는 확신이 있어야 한다.

결론적으로 지리적 영업 조직을 선택할 것인지 혹은 특화된 영업 조직을 선택할 것인지는 영업 활동에 있어서 노력이 더 중요한지, 또는 영업 전략이나 전문 지식이 더 중요한지에 따라 달라진다. 즉, 영업 전략이나 전문 지식이 많이 요구되지 않는 경우 효율성을 극대화할 수 있는 지리적 영업 조직 구조가 유리하고, 영업 전략이나 전문 지식이 많이 요구되는 경우에는 잦은 방문 활동보다는 영업 성공의 확률을 높일 수 있는 특화된 영업 조직 구조가 유리하다.

지리적 영업 조직을 특화된 영업 조직으로 변경할지의 여부는 효율성이나 효과성에 대한 고려 이외에도 구성원들의 미묘한 이해 관계가 작용하는 문제 때문에 회사의 입장에서는 매우 어려운 의사결정에 속한다. 회사는 효과성의 증진을 위해 특화된 영업 조직으로 변경할 필요가 있다고 판단할 경우에는 현실적인 문제를 충분히 고려하여 사전 조율 작업 등을 통해 부작용을 최소화할 필요가 있다.

회사가 특화된 영업 조직으로의 구조 변화를 꺼리는 이유로 다음과 같은 사항을 들 수 있다.

- 영업인이든 영업 리더든 상관없이 특화된 조직 구조로의 개편을 통해 권한이 줄어드는 사람이 생기게 마련이고, 이들은 회사에 대한 불만을 갖게 된다. 특히 불만을 가진 우수한 영업인들이 회사를 떠나게 되면 회사는 타격을 입을 수 있다.
- 신제품을 출시하려는 시기에는 기존의 조직 구조를 흔들면 성공적인 신제품 론칭이 어려워질 수 있다.
- 새로운 조직이 안착될 때 가지 시간이 걸리기 때문에 상당 기간 동안 매출 목표 달성이 어려울 수도 있다.
- 동일 산업의 다른 기업들은 대부분 지리적 영업 조직 구조를 그대로 유지하고 있다.

어떤 변수를 기준으로 특화된 영업 조직을 구축할 것인가는 어떤 변수가 가장 많은 이질성을 가지고 있는가에 따라 결정하면 된다. 예를 들어 B2B 부문에서 산업별로 고객사들이 매우 이질적이어서 요구되는 영업 프로세스나 영업 전략에서 큰 차이가 있다고 하면 산업별로 영업 조직을 구축하는 것이 바람직하고, 다루는 제품이 매우 많을 뿐만 아니라 제품 하나 하나하나가 매우 복잡하여 한 명의 영업인이

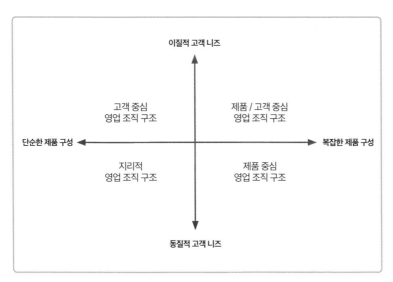

이질적 고객 니즈

고객 중심
영업 조직 구조

제품 / 고객 중심
영업 조직 구조

단순한 제품 구성

복잡한 제품 구성

지리적
영업 조직 구조

제품 중심
영업 조직 구조

동질적 고객 니즈

〈그림 4-6〉 제품과 고객의 이질성에 따른 영업 조직 구조

이에 대한 지식을 모두 갖추기는 불가능하다고 하면 제품군을 중심으로 하는 영업 조직의 구성을 검토해야 한다.

〈그림 4-6〉은 제품과 고객의 이질성 정도에 따라 제품 중심의 조직 구조, 고객 중심의 조직 구조, 지리적 조직 구조 가운데 어떠한 조직 구조가 적합한지를 보여주고 있다.

제품 중심 조직 구조

제품 중심의 조직 구조는 매우 다양하고 복잡한 제품 계열을 가지

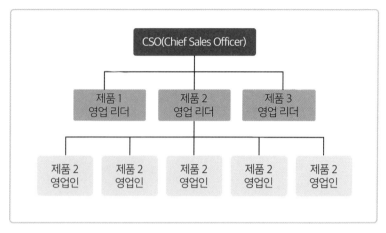

〈그림 4-7〉 제품 중심 영업 조직 구조의 예

고 있는 기업의 경우에 적합한 조직 구조라 할 수 있다.

예를 들어 국내의 의류 업체는 거의 예외 없이 제품 중심의 영업 조직 구조를 가지고 있다. 이는 의류의 경우에는 브랜드에 따라 고객 층이 완전히 분리되어 있거나(예를 들어 남성의류와 여성의류), 추구 하는 브랜드 이미지가 매우 다른 경우가 많기 때문이다. 제품이 복잡 하고 다양해지는 것은 신제품이 빈번하게 출시된 결과일 수도 있고, M&A(인수 및 합병) 등에 의한 것일 수도 있다. 또한 사업부가 통폐 합되면서 한 부서 내에 많은 제품을 보유하게 되는 경우도 있다.

이러한 영업 조직의 장점은 특정 제품에 적합한 영업인을 배치하 여 효과적인 영업 활동이 이루어질 수 있도록 도모할 수 있다는 점이 다. 즉, 지리적 영업 조직에서는 특정 제품에 기울여지는 영업인들의 노력의 수준을 적극적으로 조정할 수 있다.

〈그림 4-7〉은 제품 중심의 영업 조직 구조의 예를 보여주고 있다. 영업 리더가 제품별로 구분되어 있고, 각 영업 리더가 복수의 영업인을 관리하고 있는 형태를 취하고 있다. 그러나 제품 중심 영업 조직 구조가 어떤 경우에는 최선의 선택이 아닐 수도 있다. 예를 들어 한 회사에서 경쟁 관계에 있는 상품들을 판매해야 하는 경우가 그렇다.

약품, 주류, 의류, 시계 등의 대형 도매상 같은 경우에는 서로 경쟁 관계에 있는 회사들의 제품을 동시에 판매하는데 한 명의 영업인이 경쟁 관계에 있는 복수의 브랜드를 취급하기는 어렵다. 이러한 경우에 제품별로 영업인을 달리 구성함으로써 다양한 브랜드의 제품을 모두 원활하게 판매될 수 있도록 도모할 수 있다. 또한 한 회사가 제품 콘셉트가 전혀 상이한 제품(예를 들어 건강기능식품과 약품)을 동시에 생산하고 있는 경우에도 한 영업인들이 이 제품들을 같이 판매하기는 어렵다. 이러한 경우에도 제품별로 영업인을 두는 것이 바람직하다.

제품 중심 조직 구조의 가장 큰 단점으로는 한 영업인이 넓은 지역을 커버하기에 이동 시간도 오래 걸리고, 교통비나 숙박비 등의 경비도 많이 소요되기 때문에 효율성이 감소된다는 점이다. 또한 여러 명의 영업인이 동일한 고객을 중심으로 중복해서 방문하게 될 수도 있기 때문에 이를 조정해야 할 필요성이 높아져 더 많은 관리 비용이 소요된다.

적응성의 관점에서도 한 영업인이 특정한 제품 구색만을 가지고 고객의 요구 사항에 신속하고 유연하게 부응하는 데는 한계가 있기 때문에, 이 구조는 여타 조직 구조에 비해 고객들의 니즈 변화 등에 대한 적응 속도 및 강도가 떨어질 수 있다는 단점이 있다.

또한 고객의 입장에서도 혼란이 올 수 있다. 같은 회사에서 여러 명의 영업인들이 방문하여 영업 활동을 하기 때문에 고객 입장에서는 한 영업인만을 상대하면서 자신의 문제를 원스톱으로 해결되지만, 그렇게 되지 않고 여러 영업인을 상대해야 하는 불편함을 감수해야 한다. 그리고 내부적으로 영업인이 취급하는 제품의 특성이나 기능 등에서 크게 차이 나지 않을 경우 영업인 간의 경쟁도 문제가 될 수 있다.

예를 들어 호텔 체인의 경우, 호텔의 각 지점마다 영업인을 두어 영업을 하게 되면 지리적 위치 외에는 크게 다르지 않은 서비스를 가지고 같은 호텔 체인의 영업인들끼리 치열한 경쟁을 벌이는 결과가 초래된다. 이러한 경우에 고객은 혼란스러워질 수 있다. 또한 호텔 본사의 입장에서도 지점 간의 치열한 경쟁으로 인해 가격 체계나 서비스 구조에 있어서 일관성을 유지하기 힘들어질 가능성이 있다.

고객 중심 조직 구조

고객 중심의 영업 조직 구조는 영업인들이 특정 고객이나 세분시

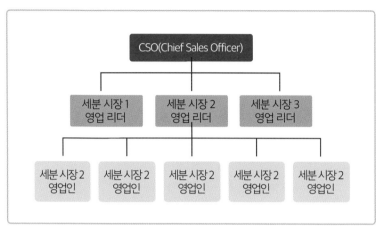

〈그림 4-8〉 고객 중심 영업 조직 구조의 예

장을 전담하여 모든 회사의 제품을 판매할 수 있는 형태의 영업 조직
으로, 고객들의 구매 프로세스나 니즈 등이 다양하고 복잡할 때 유용
한 조직 형태이다.

고객들은 제각기 다른 특성을 지니고 있다. 어떤 고객들은 가격에
민감하고, 어떤 고객들은 자신의 니즈에 꼭 맞는 제품이라면 가격에
는 비교적 관대한다. 또 어떤 고객은 기업에 많은 이익을 가져다주지
만, 그렇지 않은 고객도 있다. 이러한 경우 기업은 고객의 특성에 따
른 변수를 선택하여 이를 기준으로 고객을 세분화하고 각각의 세분
시장을 각기 다른 영업인에게 담당하게 함으로써 고객에 효과적으로
대응할 수 있는 조직 구조가 적합하다.

고객들의 특성, 구매 프로세스, 니즈 등이 복잡할수록 한 명의 영업인이 다양한 고객들을 상대로 효과적인 영업 활동을 전개하는 것이 어려워진다. 따라서 특정 고객에게 특화된 영업인을 배치하고, 그 영업인으로 하여금 특정 고객에게 적절한 지식과 영업스킬을 축적해 나가게 할 필요가 있다.

그림 〈4-8〉은 고객 중심 영업 조직 구조를 보여 주고 있다. 각 세분 시장을 책임지는 영업 리더가 있고 이들의 관리하에 복수의 영업인이 활동하는 구조를 취하고 있다.

기능 중심의 영업 조직 구조

현재에는 영업 활동이 더욱 다양해지고 복잡해짐에 따라 요구되는 전략이나 스킬, 지식 등이 다양화되고 있다. 이러한 추세에 따라 영업인이 수행하는 기능을 중심으로 특화된 영업 조직을 구성하면 영업의 생산성을 높일 수 있다. 반면에 기능 중심의 영업 조직 구조는 현실적으로 구체적인 업무의 수행이 힘들 가능성이 높다. 왜냐하면 기능 중심의 영업 조직이 효과를 발휘하기 위해서는 기능별로 나누어진 영업인들 간의 협력 관계가 전제되어야 하는 데 이것이 쉽지 않기 때문이다.

예를 들어 영업 조직이 신규 고객 발굴 영업팀과 기존 고객 유지 영업팀으로 구분되어 있을 경우, 신규 고객 발굴 팀에 소속된 영업인의 활동을 높이 평가하여 거래를 시작한 고객은 자신의 영업 담당자가 바뀌는 것을 거부할 수도 있다. 또한 두 조직이 고객이나 실적을 둘러싼 내재적인 갈등 때문에 원만한 협력 관계를 형성하기 힘들어질 수도 있다. 따라서 기능 중심의 영업 조직 구조를 채택하는 경우에는 이러한 점들에 대한 사전 고려를 통해 부작용이 최소화될 수 있도록 해야 한다.

혼합형 영업 조직 구조

지금까지 영업 조직을 구성하는 기준이 되는 변수로 지역, 제품, 고객, 기능 등을 제시하였고, 이 가운데 하나의 변수를 기준으로 영업 조직을 어떻게 구축하지 살펴보았다. 그러나 실제로는 이러한 변수들을 혼합하여 적용하는 경우가 훨씬 더 일반적이다. 대부분의 산업에서는 고객별로 특화되어 있으면서 지리적 분할이 같이 혼합되어 있는 영업 구조를 채택하고 있다.

은행은 고객과 지역이 혼합된 대표적인 영업 조직이다. 은행의 영업 조직을 살펴보면 고객 유형별(기업 고객, 개인 고객, 대기업 고객 등)로 구분되고, 기업 고객과 개인 고객을 담당하는 영업 조직은 다시 지역별로 나누어지는 구조를 가지고 있다. 제약회사의 영업 조직도 종합병원, 중소병원, 의원, 약국을 담당하는 조직으로 먼저 구분되고 각각의 조직이 다시 지역별로 나누어지는 구조를 가지고 있다.

〈그림 4-9〉 혼합형 영업 조직 구조의 예

일반 생활용품이나 식품 산업의 경우에도 대부분 대리점을 관리하는 영업 조직과 뒤에서 기술과 전략 고객을 관리하는 영업 조직으로 구분되고, 대리점을 관리하는 영업 조직이 지역을 기반으로 나누어지는 구조를 가지고 있다.

한 기업이 여러 브랜드를 가지고 있고, 이 브랜드들의 대상 고객이나 이미지가 전혀 달라 같은 장소에서 판매하기가 어려운 경우에는 브랜드 중심으로 특화되어 있으면서 지리적으로 분할이 혼합된 영업 조직 구조를 가지고 있다. 의류업체의 영업 조직이 이러한 경우에 속한다. 즉, 영업 조직이 브랜드 별로 나누어져 있고 각 브랜드별 영업 조직이 전국적인 조직체를 갖추어 대리점이나 백화점을 관리하는 형태를 취하고 있다.

그림 〈4-9〉는 지역과 제품이 혼합된 형태의 영업 조직 구조의 두 가지 예를 보여주고 있다. 위쪽의 구조는 지리적 영업 구조를 중심으로 하면서 제품에 특화된 영업인을 운용하는 방법으로, 이를 지리적 영업 조직과 비교하면 CSOChief Sales Officer, 지역 수준의 영업 리더, 지구 수준의 영업 리더, 3단계 위계의 영업 리더가 있는 것은 동일하지만, 최일선의 영업 리더인 지구 영업 리더의 관리 대상이 각 지구를 담당하는 영업인이 아니라 특정 제품을 담당하는 영업인이라는 점이 상이하다.

아래쪽의 조직 구조는 제품 중심의 조직 구조를 중심으로 하면서 각 제품의 영업 리더 밑에 지리적 조직 구조를 위치시키는 방법이다.

이러한 구조는 영업 지역이 매우 넓어서 한 명의 영업인이 전 지역을 대상으로 영업 활동을 하는 것이 불가능하거나 매우 비효율적일 경우에 채택할 수 있다.

PART 5

보상과 인센티브

5장 참고문헌

1. Anderson, Eugene W. and Vikas Mittal(2000), "Strengthening the satisfaction-profit chain," Journal of Service Research, 3(2), 107-120.

2. Cummings, Betsy(2004), "Breaking down boundaries," Sales & Marketing Management, 156, 10.

3. Corn, William L. Alan J. Dubinsky, and Ronald E. Michael(1988), "The influence of career stages on components of salesperson motivation,"Journal of Marketing, 52(January), 78-92.

4. Cron, William L. and Thomas E. DeCarlo(2010), Sales Management: Concepts and Cases, 10th ed., John Wiley. & Sons, Inc., 301-316.

5. Ingram, Thomas N., Raymond W. LaForge, Raman A, Avila, Charles H. Schwepker, Jr., and Michael R. Williams(2009), Sales Management : Analysis and Decision Making, 7th ed., M.E Sharp, 231-236.

6. Johnston, Mark W. and Greg W. Marshall(2011), Churchill/Ford/Walker's Sales Force Management, 10th ed., MacGraw-Hill, 228-234.

7. Kuster, Ines and Pedro Canales(2011), "Compensation and sales politicies, and sales performance: the field sales manager's points of view," Journal of Business & Industrial Marketing, 26(4), 273-285.

8. Muphy William H., Peter A. Dacin and Neil M. Ford(2009), "Sales contest effectiveness: An examination of sales contest design preferences of field sales forces," Journal of the Academy of Marketing Science, 32(2), 127-143.

9. Spiro, Rosann L., Gregory A Rich, and William J. Stanton(2008), Management of a Sales Force, 12th ed., McGtaw-Hill, 227-246.

10. Zoltners, Andris A., Prabhakant Sinha, and Greggor A. Zoltners(2001), The Complete Guide to Accelerating Sales Foece Performance, AMACOM, 268-325.

보상, 평가, 동기부여 시 고려 사항

기업의 대부분은 영업인들을 위해 인센티브 제도를 시행하고 있다. 그리고 기업마다 보수 총액에서 인센티브 총액이 차지하는 비율은 영업의 특성이나 고용 형태에 따라 큰 차이가 있다. 보상의 효과 또한 그렇다.

그런데 연구 결과에 의하면 보상 시스템이 영업 활동에 영향을 미치지 못한다고 대답한 비율이 20%나 된다. 12%는 잘 모르겠다고 대답했고, 8.9%만이 언제나 영향을 미친다고 대답했다. 이러한 결과는 "영업인들에게 무엇보다 중요한 동기부여 방법은 돈이다"라는 일반적인 전제를 생각할 때 매우 놀라운 결과이다.

그렇다면 영업인들은 돈에 영향을 받지 않는 사람들일까? 연구 결과 금전적 인센티브가 영업인의 행동뿐 아니라 현실을 바라보는 태도에도 영향을 미친다는 연구 결과가 있다.

은행의 대출 담당 직원들을 상대로 연구한 결과를 보면, 금전적 인센티브는 대출에 대한 담당 직원들의 인식을 바꾸는 요소로 작용한다. 이는 대출에 따르는 수당이 대출 승인 가능성을 높여줄 뿐만 아니라 대출은 위험성이 작고 승인할 만한 가치가 있는 것이라는 강력한 믿음을 심어준다는 것이다. 신용credit은 믿음을 의미하는 라틴어 크레디튜스creditus에서 나왔다. 결국 돈이 믿음을 갖게 할 만큼 강력하다는 의미이다.

영업인들에게 적절한 금전적 보상은 반드시 필요하다. 그러나 영업 조직이나 영업 리더들이 원하는 데로 영업인들이 행동하게 만드는 요인으로는 충분하지 않다. 영업 조직은 같은 인센티브에 대해서도 서로 다르게 반응하는 이질적인 사람들로 구성된 조직이다. 이런 이질성은 앞서 은행 대출 담당 직원들을 대상으로 한 연구에서도 나타난다. 즉, 인센티브의 효과는 대출의 위험성에 대한 직원들의 인식을 변화시키지만 그 효과는 연령, 조직 단위, 성별에 따라 다르게 나타난다. 나이 든 대출 담당자는 인센티브에 덜 반응하고, 공공부문에서 일하는 직원은 민간부문에서 일하는 직원보다 덜 반응한다. 또 여성은 남성보다 대출 심사를 더 관대하게 보는 경향을 보이다.

영업인을 위한 보상 시스템의 목적은 회사의 목표를 달성하기 위한 동기를 부여하는 것이다. 따라서 보상 시스템은 동기부여와 영업경영의 한 부분이 되어야 한다. 또한 돈, 동기부여, 영업경영처럼 상호 영향을 미치는 요인들이 영업인 임금 제도와 연관되도록 해야 한다. 돈은 강력하지만 영업 경영을 돈만으로 대체할 수는 없기 때문이다. 동기부여는 영업경영의 핵심이다.

최고 영업 리더CSO가 해야 할 일 중에서 영업인들을 제대로 일하게 만드는 것보다 중요한 것은 없다. 영업에서 동기부여는 다양한 요인들과 관련이 있다. 〈그림 5-1〉은 이러한 요인들을 연결 고리처럼 체계적으로 정리한 것이다. 현실에서는 이러한 연결 고리를 간과하는 경우가 많다.

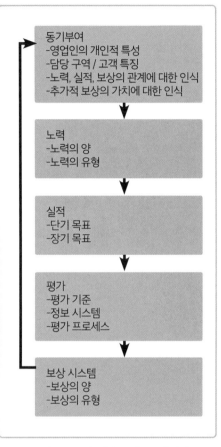

〈그림 5-1〉 보상, 평가, 동기부여의 연결

영업인의 채용, 역량 개발, 영업 목표, 고객의 특성, 시장 특성, 평가 방식 등은 동기부여에 영향을 미친다. 영업인들의 개인적 특성뿐 아니라 개인별 담당 구역과 그들에게 할당된 고객의 특성에 의해서도 영향을 미친다. 시장의 특성 역시 영업인들이 가질 수 있는 기회와 잠재 소득 수준을 좌우한다. 영업인이 누구인지와 상관없이 거래가 성사될 가능성이 높은 곳이 있다. 따라서 시장의 특성과 성사 가능성의 관계를 바탕으로 담당 구역을 감안하여 보상 모델을 설계하는 것이 효과적이다.

노력, 실적, 보상의 상관관계에 대한 영업인의 인식도 중요한 요인이다. 영업 활동을 열심히 한다고 해도 제품, 가격, 경쟁 상황 때문에 더 나은 실적이 보이지 않을 수 있다. 또 노력을 해서 더 많은 매출을 올려도 기업의 평가나 보상 시스템이 이를 인식하지 못하거나 보상에 반영하지 못할 수도 있다. 그러나 보상의 가치를 인식하면 영업 활동에 대한 동기가 생긴다. 문제는 보상 시스템이 노력, 실적, 보상을 연동시키고 있어도 이 보상에 비해 요구되는 노력이 엄청나게 많다고 영업인 느낄 수 있다는 것이다.

예를 들어 인센티브 시스템이 전년과 비교해서 판매량이 '얼마나 증가했는가'가 기준이라고 가정해보자. 이런 보상 시스템의 목적은 영업인이 새로운 사업에 관심을 가지고 고객을 더 많이 확보하고 신제품의 크로스 셀링에 더 집중하게 만드는 것이다. 그러나 경력이 쌓이고 어느 정도 안정적으로 고객이 확보된 영업인들에게는 신규 고객 확보나 크로스 셀링을 통한 판매량 증가를 위한 노력이 가치 없게 여겨질 수도 있다.

이러한 경우 영업 전략의 쟁점은 시스템을 재설계할 것인가 또는 새로운 사업에 대한 관심을 집중시키기 위해 영업 조직을 재배치할 것인가에 있다. 이는 단지 보상 차원의 선택이 아니라 경영 차원의 문제이다.

동기부여의 결과는 노력의 양과 유형에서 나타난다. 방문 횟수, 파이프라인 상의 고객 수, 예약 주문량을 통해 노력의 양을 알 수 있다. 노력의 유형은 신규 고객 발굴인가, 고객 유지인가, 새로운 제품에 대한 노력인가, 기존 제품에 대한 노력인가, 매출 자체를 강조 하는가 또는 수익률을 강조하는가를 의미한다.

노력은 목표가 분명하고 평가 기준과 일치될 때 실적으로 이어진다. 그러므로 보수, 평가, 동기부여는 의도하든 안 하든 서로 연관되어 있다는 사실을 기억해야한다.

보상 시스템에 대한 반쪽 진리

보상 시스템과 관련된 세 가지 반쪽 진리가 있는데 한 가지씩 살펴 보겠다.

보상 시스템은 단순해야 한다.

복잡한 보상 시스템은 영업인을 판매와 고객 관리에 열중하게 하는 대신, 보수를 계산하는 데 많은 시간을 소비하게 만든다는 단점이 있다. 이러한 생각을 가지고 있는 영업 기획자나 리더들은 '훌륭한 보상 시스템은 단순하고 예측 가능해야 한다'라고 생각한다. 또한 영업인들이 자신이 얼마를 받을 수 있는지 항상 기억할 수 있으면 보상 시스템이 잘 설계되었다고 생각한다.

보상 시스템이 단순해야 한다는 생각의 이면에는 '영업인들은 복잡한 보상 시스템을 이해할 정도로 스마트하지 않다'는 암묵적 전제가 내재되어 있다. 그러나 필자는 지금까지 보상 체계와 자신이 받을 금액을 이해 못 한다는 영업인들을 본 적이 없다.

IBM이나 오라클처럼 복잡한 영업 과제와 전략을 가진 기업의 보상 시스템은 수차례에 걸친 변경으로 인해 매우 복잡하다. 기업들의 데이터를 살펴보더라도 보상 시스템이 복잡하든 단순하든, 할당량을 달성하거나 초과 달성하는 영업인들의 비율은 큰 차이가 없다. 최소한 모든 영업인들은 보상 시스템이 단순하든 복잡하든 자신이 관련된 보상 시스템에 관해서는 전문가이다. 어떤 영업인이든 자신이 먹고사는 방식에 대해서는 자세히 살펴보기 때문이다.

그런데 궁극적으로 예측 가능성이나 변동성을 결정하는 것은 보상 시스템이 아니라 시장이다. 따라서 보상 시스템이 단순하다고 해서 꼭 좋은 것은 아니다. 여기서 중요한 것은 윈윈Win-Win 시스템을 만들어 내는 것이다. 전략적으로 효과적인 보상 시스템이라면 영업인들이 인센티브를 받을 때 기업도 이익을 얻을 수 있어야 한다.

프로세스가 아니라 실적만 보고 보상한다.

영업 성과는 특정 고객과 시장 여건에 달려 있기 때문에 영업인들은 다른 직원들보다 현장을 더 많이 알고 있을 거라는 추론이 가능하다. 그래서 프로세스를 무시하고 단순히 실적만 보고 보상 수준을 결정한다. 그러나 보상 프로세스는 회사가 영업인들에게 기대하는 바람직한 행동에 영향을 주기 때문에 매우 중요하다.

기업에서 실적이 좋은 영업인들은 많은 인센티브를 받는다. 그러나 인센티브를 지급하는 프로세스가 기업의 공식적인 실적 평가와 상충되는 경우가 있다. 다시 말해서 인센티브의 근거가 기업의 영업 전략이나 영업 리더가 기대하는 사항(크로스 셀링, 신규 발굴의 증대 등)과 부합하지 않는 것이다. 결국 실적이 동기부여에 역행하고 나쁘게는 바람직하지 않은 영업 활동을 위한 동기를 부여하게 되는 것이다.

영업인들은 목표 달성에 성공하거나 실패한 이유를 알고 싶어 한다. 그들은 다음날, 다음 분기, 다음 해에 돈을 더 많이 벌기 위해 이러한 정보를 이용한다. 이를 논의하는 과정이 향후 영업 행동에 영향을 미치게 때문이다.

연구 결과에 따르면, 영업인들이 보상이 공정하다는 생각이 들면 이를 수용하지만, 공정하지 못하다고 생각하면 적절한 영업 활동(영업 조직이나 영업 리더들이 영업인들에게 원하는 표준 활동)을 포기한다. 즉, 보상을 통해 영업인들의 동기를 유발하려는 목표가 훼손되는 것이다. 물론 적절한 영업 활동이 아니라 실적에 대해 보상할 수도 있다. 그러나 주어진 영업 환경에서 적적한 영업 활동을 무시하면 지불한 대가를 얻기 힘들 것이다.

동기부여는 오직 돈만으로 가능하다?

영업인들은 돈만 생각하며 일하지는 않는다. 이러한 사실은 행동 경제학 연구에서도 잘 나타난다. 영업 리더들 또한 직책, 상대적 지위, 함께하는 사람들의 행동에 영향을 미치는 비금전적인 요인의 중요성을 잘 알고 있고, 각종 포상 제도들에도 이 같은 욕구가 반영되어 있다.

대부분의 기업에서 영업인들의 실적을 월별 또는 분기별로 도표나 스프레드시트를 이용하여 발표한다. 사람이라면 누구나 자신의 위치에 관심을 갖기 때문이다. 즉, 다른 사람과 비교하여 얼마만큼의 실적을 올리고 있는가에 촉각을 세우기 때문이다.

한 연구 결과에 따르면 회사가 직원들에게 자신의 보수와 실적이 조직 전체에서 어느 정도 수준에 있는지를 보여주고 나서 직원들의 생산성이 평균 7% 정도 증가했다고 한다. 이러한 효과는 시간이 지나고 나서도 감소하지 않았다. 이렇게 상대적 실적을 통한 피드백은 호손효과[1]만이 목적은 아니다. 많은 영업인들이 돈을 보고 일을 하기도 하지만 인정받기 위해 일한다는 점을 알아야 한다.

---

1) 호손효과Hawthorn Effect : 다른 사람의 시선을 의식할 때, 본래의 천성과 다르게 행동하는 현상

효과적인 보상 시스템을 위한 질문

인간의 행동을 지배하는 요인으로는 돈 이외의 다른 것들이 있다. 그러므로 전략적으로 효과적인 보상 시스템을 개발하려면 다음 질문에 답할 수 있어야 한다.

- 중요한 영업 과제는 무엇인가?
- 영업인의 성공을 위해 무엇을 해야 할까?
- 기본급과 인센티브는 어떻게 구성되어야 하는가?
- 인센티브는 어떻게 설계되어야 하는가?

중요한 영업 과제는 무엇인가?

전략과 일치하는 방향으로 보상 시스템을 설계하는 출발점은 회사가 보상을 주고 관리하기 원하는 핵심 영업 과제를 설정하는 것이다. 전략을 추진하며 실적을 이끌어 내도록 하는 영업 과제가 무엇인가를 명확하게 정리해야 한다.

보상 시스템이 영업인들의 활동과 서로 어긋나게 되는 이유는 기업에서 시기적으로 뒤떨어진 영업 과제에 따라 보상 시스템을 운용하기 때문이다. 따라서 판촉 활동을 포함하여 실제 상황이 벌어지는 현장에서 이루어지는 고객과의 상호작용을 반영해야 한다. 그것을 대체할 만한 것은 아무것도 없다. 이러한 상호작용은 시장의 변화에 합당한 보상 수준에 대한 데이터를 모으는 데 반드시 필요하다.

영업인의 성공을 위해 무엇을 해야 하는가?

팀 영업의 경우를 생각해 보자. 팀 영업에서는 실적 공유가 항상 문제를 일으킨다. 기업은 영업에 관여한 영업인들에게 실적을 인정해 주면서도 영업 수당을 2배로 지급하지 않는다. 여기서 중요한 것은 기업이 목표를 설정할 때, 영업 과제를 공유하고 실적을 추적할 수 있는 정보 시스템을 구축하여 공동의 영업 실적을 고려할 수 있게 하는 것이다.

한 가지 예를 들어 보자. 한 해에 영업인 두 명이 각자 담당하는 고객을 통해서 100만 원의 판매 실적을 달성했고, 공동으로 접근해야 하는 고객으로부터 100만 원의 판매 실적을 달성했다. 따라서 이들이 달성한 매출은 300만 원이다. 이에 대해 기업은 다음의 두 가지 보상 시스템을 적용할 수 있다.

- 개인별 매출 150만 원에 대해 각각 10만 원의 인센티브를 지급하도록 보상 시스템을 설계한다. 이 방법은 공동으로 접근해야 하는 고객에 대한 실적을 50대 50의 비율로 나눈 것이다. 이때 기업이 지급해야 하는 총 인센티브는 20만 원이다.
- 매출 200만 원에 대해 인센티브 20만 원을 지급하도록 보상 시스템을 설계하는 것이다. 여기서는 공동의 영업 실적을 이중으로 계산해서 100%씩 반영해 준 것이다. 그러면 영업인은 매출의 50%를 팀에 의존하게 된다. 기업이 지급해야 할 인센티브 금액은 20만 원으로 앞의 경우와 동일하다.

여기서 첫 번째 방식은 영업인이 150만 원의 실적을 달성하려면 개별적으로 담당하고 있는 고객을 통해 50만 원의 실적을 올리는 것이 더 낫겠다는 생각을 하게 할 수 있다. 복잡하게 얽혀있는 공동판매를 위한 노력보다 시간이 덜 소요되기 때문이다.

따라서 개인이 담당하고 있는 고객에게 집중하고, 공동으로 담당하고 있는 고객을 동료 영업인에게 떠넘겨 노력을 덜 들이거나, 전혀 들이지 않고 공동 실적의 50%를 인정받을 수 있기를 바랄 것이다. 결국 공동으로 담당해야 하는 고객을 상대로 한 영업은 어려운 국면에 처하게 된다.

그에 비해 두 번째 방법에서는 인센티브 측면에서 공동 실적을 위한 노력에 장애가 될 요소가 없다. 회사가 지급해야 할 인센티브도 동일하다.

여기서 어느 방식이 더 효과적일까? 선택은 기업의 영업 전략과 그에 따른 팀 영업 과제의 상대적 중요성에 달려 있다.

영업인들은 자신의 성과에 영향을 미치는 요소들(경제 상황, 고객의 재정 문제, 시장 경쟁 등)을 지배할 수 없다. 그러나 보상 시스템을 통해 영업 성과 요소에 대한 영업인들의 관심을 독려할 수 있다. 그러므로 보상 시스템은 영업인이 지배할 수 있는 요소에 집중해야 한다. 그렇지 않으면 동기부여, 노력, 실적, 보상의 연결 고리가 끊어지게 된다. 따라서 영업인들이 고객에게 미치는 영업 방식을 명시하고 업데이트해야 하며 보상계획은 이러한 방법을 강화하고 지원할 수 있도록 설계되어야 한다.

기본급과 인센티브는 어떻게 구성되어야 하나?

대부분의 영업인들은 기본급과 인센티브를 받는다. 여기서 기본급의 비중을 높이는 몇 가지 요인이 있는데, 해당 기간 동안 영업인에 대한 실적 평가가 어렵거나 실적 평가 관리가 복잡한 경우, 영업인들의 협력을 이끌어내야 하는 경우, 판매 주기가 복잡하고 긴 경우, 서비스 지원이 중요한 경우, 판촉성 판매가 필요한 경우, 시장 수요의 변동성이 큰 경우 등이 그렇다.

기본급과 인센티브의 구성에 관한 결정은 영업 문화뿐만 아니라 영업인들에게도 영향을 미친다. 실적에 기반을 둘 것인가, 행위에 기반을 둘 것인가에 관한 연구에서 이러한 결정을 자세히 분석했다.

실적에 기반을 둔 영업경영은 영업 리더에게 큰 부담이 없다. 실적이 좋으면 보수를 더 많이 받는다는 사실을 강조하기만 하면 되기 때문이다. 이때 실적을 달성하는 방법(법적, 윤리적 허용 범위 안에 있다면)은 크게 중요하지 않다. 영업인들은 더 큰 위험을 감수하고 많은 자율권을 갖는다. 본질적으로는 경영자(개인 사업자)나 다를 게 없다. 반면에 행위에 기반을 둔 보상 시스템에서는 영업 리더의 감독과 영업 방법에 대한 개입이 요구된다.

다트넬 코퍼레이션Dartnell Corporation의 조사 결과에 따르면, 미국의 경우에 기본급과 인센티브의 비율이 50대 50 정도인 것으로 나타났다. 이들의 조사 자료에 따르면 전체 보상에서 인센티브가 차지하는 비중이 10%에 못 미치면 대부분의 영업인들이 거의 신경을 쓰지 않고 10~25%이면 관심을 갖는다. 25~50%일 때는 인센티브가 영업인들의 행위에 영향을 미치고, 영업 리더는 몇 가지 중요한 사항만 관리하면 된다. 50%가 넘으면, 영업 리더의 현장 관리가 현저히 줄어들고, 영업인은 '실적을 채우지 못하면 퇴출'이라는 각오로 일을 하는 것으로 나타났다.

조사 결과를 정리해 보면, 영업인들의 눈에 인센티브가 중요하게 보이려면 전체 보상에서 적어도 15%는 차지해야 하며, 행위에 영향을 미치려면 30%는 되어야 한다. 그러나 이 같은 비공식적 가이드라인에 타당성을 부여하는 검증된 연구 결과는 아직 없다. 하지만 분명한 사실은 기본급과 인센티브의 구성이 영업 실적에 영향력을 미친다.

기본급만 지급하거나 판매량에 근거한 인센티브만 주는 방식은 관리하기가 쉽다. 그러나 이 두 가지 혼합 보상 방식은 복잡한 보상 제도를 운용하기 위한 시스템이 갖춰지지 않았거나 관리 능력이 부족한 기업에는 디폴트 옵션default option이 되기도 한다. 따라서 현재 처해 있는 영업 조직의 상황을 지혜롭게 분석하여 조직에 적합한 보상 시스템을 구축해야한다.

인센티브는 어떻게 설계되어야 하는가?

기업마다 비즈니스 환경이 다르기 때문에 인센티브 지급 방식 또한 다양한 형태로 설계될 수 있다. 어떤 기업의 경우에는 대체로 판매량이나 마진에 따라 일정 비율로 지급된다. 전체 판매량을 기준으로 적용하는 기업도 있고, 제품이나 고객 또는 수익성, 경쟁 목표를 반영하는 그 밖의 지표에 따라 비율을 다르게 적용하는 기업도 있다. 때로는 할당량을 초과한 판매에 대해서만 수당을 지급하는 곳도 있고, 할당량을 초과한 판매와 그 이하의 판매에 대해서 비율을 다르게 정하여 지급하는 곳도 있다.

콘테스트(판매 경진대회)에서는 목표 대비 실적을 기준으로 보너스를 일시불로 지급하거나 단기 목표를 달성한 영업인에게만 지급하기도 한다.

이와 같이 인센티브 설계 기준이나 지급 형태는 다양하지만 인센티브 제도가 효과를 거두기 위해서는 다음과 같은 3가지 원칙들을 반드시 고려해야 한다.

- 전략의 우선순위와 영업 활동의 일치 : 인센티브 제도는 정말 중요한 것이 무엇인가에 대한 기업 전체의 커뮤니케이션 결과이며, 영업인들은 이러한 사실을 명심해야 한다.
- 영업 역량 강화를 통한 투자 수익률Return on Investment, ROI의 증대 : 인센티브 제도는 영업인의 노력을 강화하며, 이러한 노력을 통해 거래를 성사시키고 나면 기업과 영업인이 동시에 발전할 수 있어야 한다.
- 동기 부여 : 인센티브 제도는 보수 총액이 개인의 실적을 반영하도록 설계되어야 하고, 인센티브는 실적의 차이에 따라 지급되어야 한다. 인센티브 지급액의 차이는 영향력을 지닐 정도로 의미가 있어야 한다.

많은 기업들이 인센티브를 설계할 때, 특정 제품에 대한 목표 판매량을 달성하는 데 목적을 둔다. 특히 수익성이 높고 전략적으로 중요한 제품에 노력을 집중하기를 원한다. 그러나 이런 식의 인센티브는 엉뚱한 결과를 낳을 수 있다. 영업인들은 인센티브 기간 내에 기준

판매량을 달성하지 못할 것으로 생각되면 다음 인센티브 기간을 위해 주문을 비축할 가능성이 높다. 더 나쁘게는, 목표 달성을 위한 노력을 포기하기도 한다.

판매량은 인센티브를 지급하기 위해 가장 널리 사용되는 지표이지만 때로는 다른 전략적 지표가 목표 달성이나 기업의 성장에 더 큰 영향을 주기도 한다. 따라서 기업의 전략 그리고 이와 관련된 영업 과제의 분석을 통해 적합한 인센티브제도를 설계하는 것이 중요하다.

효과적인
보상 시스템의
특징

전략적으로 효과적인 보상 시스템의 특징에 대해 살펴보자. (〈그림 5-2〉 참조).

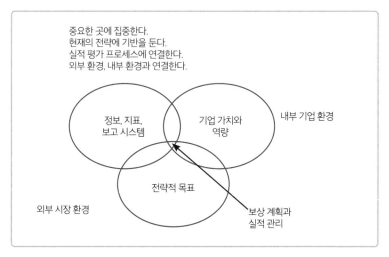

〈그림 5-2〉 효과적인 영업 보상 시스템

모든 곳에 조금씩 투입하지 않고 중요한 곳에 집중한다.

많은 보상 시스템들이 모든 것이 다 중요하다는 식의 오류에 빠진다. 최고 경영자들이 영업 보상 시스템을 운영하는 목적이 프랭크 세스페데스 교수의 연구에 따르면 다음과 같다.

- 노력을 더 많이 하도록 하고, 영업 활동을 효과적으로 관리한다.
- 크로스 세일과 팀 영업에 적합한 능력을 개발한다.
- 고객 서비스의 질을 개선한다.
- 제품들의 세일즈 믹스Sales Mix를 바꾼다.
- 영업비와 일반 관리비를 절약한다.
- 관리상의 논란을 최소화한다.
- 영업인들에게 책임감을 더 많이 부여한다.

목표 리스트는 계속 이어지고, 내용은 일반적이다. 그러나 이렇듯 모든 것이 다 중요하다면 진정으로 중요한 것은 무엇일까? 이 질문에 답하기 어렵다면 노력, 보상, 동기부여가 제대로 이루어지지 않게 된다. 결국 전략은 선택의 문제이다.

목표 설정 시 현재의 전략에 기반을 둔다.

기업들의 보상 시스템은 현재가 아니라 전년 실적에 맞춰 조정하는 경우가 많다. 할당량과 목표를 설정하는 가장 일반적인 접근 방식도 전년을 기준으로 필요한 수정을 가하는 것이 일반적이다. 바꿔 말하면, 작년에 영업인들 중에서 할당량을 채운 사람이 많은가, 적은가에 따라 금년의 할당량을 올리거나 낮추는 기업이 많다.

그러나 영업은 어제의 일이 아니라 오늘과 내일의 일이며, 사내에서 벌어지는 게임이 아니라 시장에서 일어나는 일이다. 따라서 보상 시스템은 영업 과제, 영업 활동, 기업의 IT 시스템과 보고 시스템을 전략 방향과 맞게 연결함으로써 효과적으로 운용할 수 있게 해야 한다.

보상을 실적 평가 프로세스에 연결한다.

어떤 기업들은 영업경영을 보상 시스템으로 대체하려고 한다. 그러나 아무리 보상 시스템이 효과적이라고 해도 결국은 조직의 위생 요인hygiene factor[2] 일 뿐이다. 그 자체로는 필요하지만 행동을 유발하기에는 충분하지 않는 요인이라는 것이다.

보상 시스템은 현재 진행 중인 실적 관리의 일부일 뿐 영업경영 전체를 대체할 수는 없다. 알고리즘을 가지고 사람을 관리할 수는 없기 때문이다.

사람은 사람이 관리하는 것이다. 따라서 어떠한 보상 시스템도 '영

---

2) 프레데릭 허즈버그Frederick Herzberg는 부족하면 불만족의 원인이 되지만 만족한다 하더라도 수행 동기를 적극적으로 유발하지 않는 요인을 '위생 요인'이라 한다.

업의 효과를 측정하고, 실적에 관한 피드백을 제공하고, 현장의 영업 역량을 강화하는 영업 리더의 역할'에 관심을 기울이지 않고는 효과를 보지 못한다는 것을 기억해야 한다.

경력 단계별
동기부여

영업인도 다른 직장인들과 마찬가지로 신입 영업인으로 경력을 시작할 때부터 퇴직 시점에 이르기까지 여러 단계를 거친다. 영업인의 경력 단계는 〈그림 5-3〉과 같이 사람의 제품 주기나 수명 주기와 마찬가지로 탐색 단계, 구축 단계, 유지 단계, 이탈 단계의 4단계로 나누어진다.

연령으로 보면 탐색 단계는 대체로 영업인들이 경력을 시작하는 20대에 해당하고, 구축 단계는 30대 초반~30대 후반, 유지 단계는 40대 초반~50대 중후반, 이탈 단계는 50대 후반 이후의 시기에 해당한다. 경력 단계가 동기부여에서 중요한 위치를 점하는 이유는 각 단계에 따라 기대이론[3]에서 동기부여의 수준을 결정하는 3개의 요소인

---

3) Victor H. Vroom에 의해 제안된 기대이론은 사람들이 특정 업무에 기울이려는 노력의 정도가 어떻게 결정되는지를 설명해 주고 있다. 기대이론은 기대, 수단성, 유인성의 세 부분으로 나누어진다.

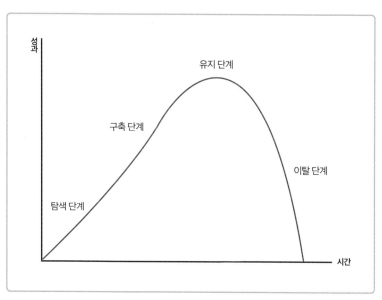

〈그림 5-3〉 영업인의 경력 단계

기대(노력이 성과를 가져올 수 있을 거라는 믿음의 정도), 수단성(성과가 보상으로 이어질 것이라는 믿음) 그리고 동기부여의 수단의 유인성(보상이 자신의 욕구를 충족시켜 줄 수 있을 것인지에 대한 주관적 판단)이 달라지기 때문이다.

탐색 단계

탐색 단계는 영업인으로서의 경력을 시작하는 시기를 의미한다.

이 단계의 영업인은 자신이 과연 영업인으로 성공할 수 있을지, 또는 영업이 자신의 적성에 맞는 직종인지 불안감을 가지고 있다. 더욱이 이들은 영업 스킬과 영업 시식이 낮은 수준이어서 열심히 영업 활동을 해도 성과가 잘 나지 않기 때문에 업무에 대한 만족도가 높지 않고 정서적으로 매우 불안한 상태에 있다. 이러한 상태를 극복하지 못하면 영업이 적성에 맞지 않는 것으로 판단하고 퇴사해 버리거나, 혹은 성과가 좋지 않아 해고를 당하는 결과로 나타난다.

이 단계의 영업인은 노력을 하면 성과가 잘 나올 것이라는 확신이 없기 때문에 기대 수준도 낮고 어느 정도의 성과를 올려야 자신이 원하는 보상(성취감, 금전적 보상, 승진, 인정 등)을 얻을 수 있을지에 대해서도 알지 못하기 때문에 수단성의 수준도 낮다. 그런데 이 단계에서의 영업인들은 대체로 금전적인 보상보다는 자기개발이나 영업 리더 등 다른 사람으로부터의 인정을 더 중시한다. 이는 이들이 자기개발을 통해서 자신이 부족한 부분을 채우려는 심리를 가지고 있고, 이는 자신이 영업인으로 제대로 성장해 가고 있음을 다른 사람들부터 확인하고 싶은 욕구가 있기 때문이다.

따라서 이 단계의 영업인들에 대한 동기부여를 위해서는 영업 스킬과 영업 지식의 향상을 위한 교육 훈련 및 코칭 활동에 주력함으로써 보다 효율적이고 효과적으로 영업 활동을 전개할 수 있도록 해줘야 한다. 그리고 이들에겐 영업인의 성과에 대해 금전적인 보상은 물론 공식적, 비공식적 칭찬과 격려를 통해 영업인 스스로가 성과를 이루면 자신이 원하는 보상을 얻을 수 있다는 점을 확신할 수 있도록 해 주는 것이 중요하다.

구축 단계

구축 단계에서는 영업인으로서 기반을 어느 정도 갖추고 빠른 속도로 성장해 나가는 시기를 의미한다. 이 단계의 영업인은 다른 어떤 단계의 영업인들보다 성공에 대한 열망이 강렬하다.

상당한 수준의 영업 스킬과 영업 지식을 습득하고 있는 이 단계의 영업인들은 경험을 통해 노력을 기울이면 성과가 나온다는 것을 잘 알고 있고 성과가 있으면 반드시 보상이 따른다는 것도 잘 알고 있다.

이들은 탐색 단계의 영업인들과는 달리 기대와 수단성의 수준이 매우 높다. 주로 30대인 이 단계의 영업인은 결혼, 주택 마련, 출산 및 육아 등 가정을 꾸리기 위한 자금이 많이 필요하기 때문에 금전적 보상을 매우 중시한다. 하지만 이들이 가장 중시하는 것은 영업 리더나 경영진으로부터의 인정과 이를 바탕으로 이루어지는 승진이다.

승진은 자신이 성공적인 영업인이라는 심리적 만족을 주는 동시에 더 높은 급여를 제공 받는다. 따라서 승진에 대한 열망은 이 단계 영업인들에게서 가장 강하게 나타난다. 그러나 승진을 하지 못한 영업인들은 실망감이나 좌절감도 그만큼 크다. 그래서 승진이 기대에 미치지 못한다고 생각하는 영업인들은 빠른 승진을 약속하는 다른 회사로 이직을 하거나 영업직을 떠나기도 한다.

이 단계의 영업인들에 대한 동기부여를 위해서는 노력 및 성과에 상응하는 금전적인 인센티브를 제공하는 보상 시스템을 마련해야 하고, 승진 제도의 운용을 통해 승진 누락에 대한 불만을 최소화시켜야 함은 물론, 승진 가능성에 대한 과도한 기대를 갖지 않도록 유도하는 것이 중요하다.

유지단계

적게는 10년 많게는 20년 정도의 경력을 가지고 있는 유지 단계의 영업인들은 영업 스킬, 영업 지식 등 모든 면에서 원숙한 단계에 도달해 있다. 상당한 수준의 영업 실적도 올리고 있고 직급도 상당히 높다. 이들이 가장 원하는 것은 큰 변화 없이 현재의 지위나 실적 등을 가능한 오랫동안 유지하는 것이다.

이들은 자녀 교육이나 보다 넓은 주택의 마련을 위한 자금이 많이 필요하기 때문에 금전적 보상을 중시한다. 반면에 더 높은 직급으로의 승진은 매우 어렵다는 것을 알고 있을 뿐 아니라, 구축 단계에 있을 때만큼 절실하지도 않다. 대신에 자신의 존재 가치를 여러 사람에게 확인시켜주는 비금전적 보상에 대한 욕구가 대단히 크다. 즉, 공식 행사에서 자신의 공적을 인정받는 상을 받는다든가, 명예 호칭을 부여받는다든지 하는 데 대한 강한 욕구를 가지고 있다.

이 단계에 있는 영업인들에 대한 동기부여를 위해서는 공식적인 수상의 기회를 많이 마련하는 한편, 지속적인 높은 수준의 실적 달성을 유도할 수 있는 금전적 보상 방법을 강구하는 것이 중요하다. 또한 이들은 현재의 상태를 가능한 한 오랫동안 유지하고자 하기 때문에 회사의 고용안정 정책도 효과적인 동기부여 수단이 될 수 있다.

이탈 단계

50대 후반이나 60대 초반에서 시작되는 이탈 단계의 영업인들은 은퇴를 준비하는 단계에 접어들게 된다. 일에 대한 흥미도 떨어져서 많은 노력을 기울이려 하지 않으며, 적당한 수준의 실적에 만족한다. 영업 활동에 투자하던 시간을 이제는 취미 활동에 할애한다. 따라서 이 시기의 영업인들의 실적은 신입 영업인들을 제외하고는 가장 낮은 수준이다.

또한 이 시기의 영업인들은 어떤 보상에도 크게 관심이 없다. 과거처럼 자금 수요가 많지 않기 때문에 금전적 보상 수단에 대한 욕구도 훨씬 적고, 자기개발, 승진, 인정 등에 대해서도 관심이 적다. 따라서 이 단계의 영업인들을 동기부여 시키기란 어렵다. 그렇지만 이들이 가지고 있는 지식이나 스킬을 활용할 수 있도록 하는 것은 매우 중요하다. 이들의 관심을 불러일으키는 방법 중의 하나는 이들이 평소 관심을 두고 있는 분야와 관련된 특별한 임무를 부여하는 것이다.

예를 들어 특정 제품이나 산업에 관심을 가지고 있다면 매뉴얼 개발이나 강의 등 그 분야에 대한 교육 훈련이나 코칭을 담당하도록 하는 것 등을 들 수 있다.

PART 6

영업 리더를
체계적으로 육성하라

6장 참고문헌

1. Besty Cummings, Betty(2001), "Getting reps to Live your mission," Sales & Marketing Management, October, 15.

2. Brent Adamson, Matthew Dixon, and Nicholas Toman(2012), 'The End of Solution Sales' Havard Business Review.

3. Cravens, David W., Ken Grant, Thomas N. Ingram, Raymond W. LaForge, and Clifford Young(1992), "In search of excellent sales organizations," European journal of Marketing, 26(1).

4. Cron, Willia. L. amd Thomas E. DeCarlo(2010, Sales Management : Concept and Cases, 10th ed., John Wiley & Sons., 237-251.

5. Gene W. Dalton, Paul H. Thompson, Raymond L(1977),"Price The four stages of professional careers, A new look at performance by professionals", Organizational Dynamics Volume 6, Issue 1(summer), 19-42.

6. Ingram, Thomas N., Raymond W. LaForge, Raman A, Avila, Charles H. Schwepker, Jr., and Michael R. Williams(2009), Sales Management : Analysis and Decision Making, 7th ed., M.E Sharp, 210-211.

7. Jaworski, Bernard J. and Ajay Kohli(1991), "Supervisory feedback: Alternative types and their impact on salespeople's performance and satisfaction," Journal of Marketing, 28(May), 190-201.

8. Onyemha Vincent(2009), "The effect of coaching on salespeople's attitudes and behaviors," European Journal of Marketing, 43(7/8), 938-960.

9. Rich, Gregory A.(1998), The constructs of sales coaching:: Supervisory feedback, role modeling, and trust, " Journal of Personal Selling & Sales Management, 18(1) 53-63.

10. Spiro, Rosann L., Gregory A Rich, and William J. Stanton(2008), Management of a Sales Force, 12th ed., McGtaw-Hill, 317-331.

영업 리더의
역할

영업 리더에게 어떤 역할이 요구되며, 어떤 역량이 필요하며 또한 어떤 유형의 리더십이 바람직한지에 대해 논의하기 위해서는 먼저 영업 리더가 수행하는 역할은 무엇인가에 대한 논의가 이루어져야 한다.

영업 조직을 리딩 하는 영업 리더의 역할은 〈그림 6-1〉에서와 같이 영업인의 채용, 영업 조직의 구축, 통솔, 관리, 보상 등의 다섯 가지로 구분하여 설명할 수 있다.

영업인의 채용

최일선 영업 리더는 영업인의 채용에 있어서 매우 중요한 역할을 한다. 영업 리더가 서류 심사, 면접 등의 과정을 거쳐 지원자 가운데

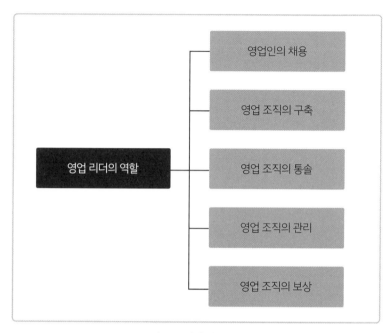

〈그림 6-1〉 영업 리더의 역할

몇 명을 상위 직급의 리더에게 추천하면 그가 최종 결정을 한다. 또한 상위 직급의 리더는 대부분 하위 영업 리더가 추천한 사람을 채용하게 된다. 따라서 영업 리더는 신입 영업인을 선택할 때 자질과 적성을 충분히 고려하여 신중하게 선택해야 한다. 자질이 부족하거나 적성에 맞지 않는 영업인이 들어오게 되면 교육 훈련이나 코칭을 통해서도 자신의 몫을 제대로 할 수 있는 영업인으로 만들기는 불가능하기 때문이다.

또 이러한 영업인은 조기에 퇴사할 가능성도 높다. 그리고 채용한 영업인이 조기에 퇴사하면 급여나 선발, 교육 훈련 등에 소요된 비용은 물론, 구역을 제대로 관리하지 못하는 데서 오는 기회 비용 등의 상실로 회사는 손실을 입게 된다.

어떤 영업인을 채용하느냐는 기존의 영업인의 사기나 태도에도 크게 영향을 미친다. 자질이나 적성이 부족한 영업인이 들어왔다는 것 자체가 기존의 영업인들에게는 대단히 좋지 않은 메세지를 전달하는 것이다. 즉, 영업 리더가 영업인에게 거는 기대가 높지 않다는 메시지로 해석될 수도 있고, 기존의 영업인의 능력을 낮게 평가하고 있다고 해석될 수도 있다. 따라서 기존 영업인들의 사기는 저하되고, 구성원의 응집력도 떨어진다.

반대로 자질이 우수한 신입 영업인들이 들어오면 그를 통해 영업인에게 요구되는 자질을 읽을 수 있으며, 자극을 받아 더욱 분발하는 계기로 삼을 수도 있다. 신입 영업인을 선발하는 업무는 영업 리더에게 있어서 필요할 때마다 급히 처리하는 일이 아니라, 상시적으로 수행해야 하는 일이다. 기존 영업인의 퇴사나 이동, 혹은 확장 등으로 인해 언제든지 영업인을 선발해야 하는 필요성이 발생할 가능성이 있기 때문에 영업 리더는 항상 잠재적인 신입 영업인에 대한 정보를 수집해 나가는 것이 중요하다.

영업 조직의 구축

자신이 관리하는 영업 조직이 성공적으로 업무를 수행할 수 있도록 영업인들의 영업 스킬, 지식, 자질 등 역량을 향상시키는 것도 영업 리더의 임무 중 하나이다.

영업 리더는 영업인이 자신이 담당하고 있는 구역에서 기존 고객과 잠재 고객에 대해 최선의 영업을 할 수 있는 우수한 능력을 보유할 수 있도록 노력해야 한다. 이를 위해서는 각 영업인이 어떤 점이 강점이고 취약점인지 파악하여 도전적인 목표를 세우고 이를 달성할 수 있는 계획을 수립하고 영업인들이 이를 달성할 수 있도록 독려하는 한편, 결과를 모니터링하여 목표가 이루어졌을 때에는 이를 인정해 주고 보상을 통해 영업인들의 사기를 높이는 등의 활동을 지속적으로 해야 한다.

시장의 환경 변화를 빠르게 간파하고 기존의 영업 전략이나 프로세스 개선을 통하여 시대의 흐름에 적응할 수 있는 최선의 방법론을 찾아 영업 조직에 전파하는 것도 영업 리더의 역할이다. 또한 영업 리더는 영업인들의 코칭을 위한 개인의 코치 역할도 수행해야 한다.

영업에서 가장 효율적인 코칭은 현장에서 함께 고객을 방문한 후에 이루어진다. 영업 리더는 영업인들에게 방문을 통해 무엇을 이루려고 하는지에 대해 질문하고 만일 답변이 자신이 관찰한 것과 차이가 있으면 왜 이러한 상황이 발생했는지, 개선할 수 있는 방법은 무엇인지에 대해 함께 토론함으로써 영업인이 학습할 수 있도록 도와야 한다.

대부분의 영업인들은 현재의 위치에 만족하지 않고 더 높은 이상과 꿈을 가지고 있다. 영업 리더는 이러한 영업인들의 장기적인 발전 계획에 대해서도 관심을 가지고 상담을 해주고, 도움도 줄 수 있어야 한다. 이러한 영업 리더의 역할을 통해서 영업 조직은 능동적이고 효율적이며 생동감 넘치는 영업 조직으로 성장하게 된다.

영업 조직의 운영

영업 리더가 영업 조직을 운영하기 위해서는 구성원들의 신뢰와 헌신을 확보해야 한다. 이를 위해 영업 리더는 자신의 영업 조직을 단기적으로는 물론 장기적으로 무엇을 성취해 나가야 하는지에 대한 명확한 비전을 가지고 있어야 한다. 즉, 영업 리더는 영업 조직 전체에 대한 비전을 설정하여 구성원들과 공유함은 물론 영업인 개개인에 대한 비전도 줄 수 있어야 한다는 점이다.

영업 조직의 효율적인 운영을 위해서는 영업인들을 잘 이해할 수 있어야 하는 데, 이를 위해서는 무엇보다 이들의 이야기를 경청하여 그들의 관심사가 무엇이며 또한 그들의 관점은 무엇인지에 대해 잘 알고 있어야 한다. 또한 자신이 가지고 있는 비전이나 예상, 기대 등에 대해서도 영업인들에게 명확하게 전달할 수 있어야 한다.

그러므로 영업 리더가 훌륭한 리더가 되기 위해서는 영업과 관련한 많은 지식을 가지고 있어야 한다. 해당 산업, 일반 경제 상황, 고객의 니즈, 경쟁 기업, 자사의 핵심 역량 등에 대한 지식을 가지고 이를 영업인들과 공유할 수 있어야 한다.

영업 리더는 이러한 지식을 바탕으로 영업 조직의 전략이나 영업 프로세스의 변화가 필요하다고 판단되면 이를 적극적으로 실행에 옮길 수 있어야 한다. 이러한 변화 관리는 현대와 같이 시장의 변화 속도가 빠른 경우에 더욱 필요한 영업 리더의 역할이라 할 수 있다.

영업 조직의 관리

영업 리더는 원활한 영업 활동이 이루어질 수 있도록 일상적인 업무도 잘 관리해야 한다. 인사, 재무, 마케팅 등 영업 조직 내부의 모든 업무를 원활하게 수행함으로써 영업인이 현장에서 고객을 획득하고 유지하고 강화하는 활동에 몰두할 수 있는 여건을 만들어야 한다. 영업 리더가 관리해야 하는 영역은 매우 다양하다.

먼저 영업 리더는 훌륭한 인사 관리자가 되어야 한다. 영업인을 선발하고 생산성 있는 영업 조직을 구축해가는 것은 물론, 성과를 평가하고 보상을 제공하는 것도 영업 리더의 업무이다. 유능한 영업 리더는 어떤 경우에 구역이나 고객 관리 등과 같은 구체적인 업무에 대한 의사결정을 영업인에게 위임해야 하고, 어떤 경우에 지시에 의한 업무 수행을 해야 하는지를 잘 알고 있어야 한다.

정도가 심한 지시나 감독을 받는 것을 좋아하는 영업인은 없지만 경우에 따라서는 지시에 의한 관리가 필요한 경우가 있기 때문에 영업 리더는 이를 결정할 수 있는 합리적인 판단 기준을 가지고 있어야 한다.

영업 조직의 보상

영업 리더는 성과에 대한 보상에 있어서도 매우 중요한 역할을 수행해야 한다. 급여나 인센티브와 같은 금전적 보상 방법은 회사 차원에서 결정되지만, 이를 구체적으로 운용하는 것은 영업 리더이다. 영업 리더가 구사할 수 있는 보상에는 급여 인상이나 보너스의 지급, 여행 등과 같은 외재적 보상뿐 아니라 격려, 인정, 표창과 같은 내재적인 보상도 있다.

영업 리더는 이러한 보상을 어떻게 운용할 것인지에 대한 명확한 기준을 가지고 있어야 한다. 보상은 명확한 근거를 가지고 실행해야 하며, 받는 사람뿐 아니라 영업 조직 전체의 영업인들이 이에 대한 정당성을 인정할 수 있어야 한다. 따라서 보상이 일상적인 사소한 것이 되어 버려서는 안 되며 유형적인 보상이든 무형적인 보상이든 받는 사람이 자부심을 가질 수 있도록 운용되는 것이 중요하다.

영업 리더가
된다는 것의
의미

영업 리더가 된다는 것은 과거의 실적에 대한 보상이고 기업 입장에서는 미래에 기여할 잠재적 능력에 대한 투자이다. 이러한 승진은 영업 분야에서만 있는 일은 아니다. 어느 분야든지 실무자에서 조직을 책임지는 리더로 위치 이동이 이루어진다. 하지만 이러한 변화에 성공적으로 적응하는 경우는 의외로 많지 않다.

존 마이너John Miner는 '리더가 되려는 동기'를 측정하기 위한 평가 방법을 개발했다. 그는 리더에게 가장 필요한 자질은 '일상적으로 발생하는 수많은 업무를 책임감을 가지고 해결하려는 마음가짐'이라고 했다. 그것을 다음과 같이 설명한다.

"리더는 실무에서 빠져나와 구성원들의 일상적인 욕구를 훤히 꿰고 있어야 한다. 해야 할 일을 실제로 하게 만들어야 한다. 이러한 일에는 예산의 수립, 회의체 운영, 평가, 급여 변동에 대한 의견 제시에 이르기 가지 다양하며, 리더는 이러한 요구 사항을 충족시키기 위해 적극적으로 개입할 의지가 있어야 한다."

대부분의 영업인들은 리더가 되기 전에는 외부 고객의 니즈에만 집중하고 조직 내부의 행정적인 업무는 기피하는 경향이 있다. 하지만 영업 리더가 되면 이것을 기꺼이 감수해야 한다.

영업 리더의 또 다른 역할은 영업 파이프라인을 생산적으로 유지하고 그렇게 함으로써 영업인이나 고객에게 도움이 되도록 만드는 것이다. 따라서 영업 리더는 개인 코치, 평가자, 행정가일 뿐만 아니라 기업 전략의 매개자이다. 그런데 현실은 역할을 맡은 영업 리더들을 보면 비즈니스 전체를 자신의 것처럼 이끌어갈 수 있는 역량이 부족하다는 것이다.

영업 리더는 오로지 영업 실적만을 생각해서는 안 된다. 한쪽 눈으로는 영업 실적을 보지만 다른 한쪽 눈으로는 시장의 요구를 충족시키고 고객을 만족시키는 방법을 찾고, 회사를 대표한다는 마음의 자세가 필요하다.

유능한 영업인은 거래를 성사시키고, 인센티브를 챙기고, 다음 고객을 발굴하기 위해 열심히 활동하지만, 유능한 영업 리더는 큰 그림을 보고 자원을 가장 잘 활용할 수 있는 방법을 생각해야 한다.

그런데 많은 영업 리더가 이런 역할을 실행하는 것은 왜 그렇게 어려울까?

린다 힐Linda Hill은 영업인에서 영업 리더로의 승진과 관련된 문제를 연구했다. 그녀는 연구를 통해 신임 영업 리더들에게 자신의 영업 실적만 책임을 지던 그간의 태도와 습관을 버려야 한다고 주장하며 다음과 같이 조언한다.

"조직을 전체적으로 바라보는 관점을 배워야 하며, 조직 전체의 성공을 위한 새로운 방법을 발견하고 적용해야 하며, 개개인의 동기와 만족을 위한 노하우도 습득해야 한다. 영업 리더가 된다는 것은 새로운 차원의 직업적 정체성을 확립하고 새로운 역할과 책임을 익히고, 자신을 변화시키는 것을 의미한다."

현실에선 신임 영업 리더들이 새로운 지위에 맞는 새로운 태도, 사고 방식, 가치관을 개발해야 한다는 요구에 당혹감을 느낀다. 그리고 영업인의 역할에서 자신에게 자산이 되었던 행동들이 영업 리더의 역할에서는 부채가 된다는 것을 깨닫게 된다.

결국 새로운 영업 리더의 역할에 맞게 자신을 변화시키는 사람만이 살아남는다. 따라서 영업 리더들에게도 교육과 훈련이 절실히 필요하다. 회사 차원에서 영업 리더들에게 무엇을 기대하고 있는지를 분명하게 표현하고 새로운 역할에 필요로 하는 역량을 개발할 수 있도록 시간과 자원을 충분히 지원해 주어야 한다.

영업 리더
육성의
중요성

대부분의 기업에서 영업 리더들은 영업 전략과 영업 관리 시스템, 영업인의 활동을 하나로 일치시키는데 핵심적인 역할을 한다. 그러나 영업 리더의 역할에 대해서는 이외에도 복잡하고 다양한 견해가 존재한다.

연구 결과에 따르면 '단기적으로는 평균적인 영업 리더와 함께 일하는 뛰어난 영업인이 뛰어난 영업 리더와 함께 일하는 평균적인 영업인보다 더 나은 실적을 보여 준다. 그러나 시간이 지나면서 실적이 감소하는 경향을 보인다'고 한다. 뛰어난 영업인은 승진하거나 퇴사해서 다른 곳으로 떠나고, 남아있더라도 평균적인 영업 리더가 영업인을 평균적인 영업인으로 밖에 육성하지 못하기 때문이다. 따라서 영업 조직의 영업력은 영업 리더의 역량과 상관관계가 있다.

수십 년에 걸친 연구 결과들을 종합해 보면, 영업 조직을 포함한 많은 조직의 리더들이 격무에 시달릴 뿐 아니라 교체도 심한 것으로 나타났다. 영업인에서 영업 리더로 승진하는 것은 쉽지 않은 일이지만, 현실적으로는 영업인이 뛰어난 실적을 보이면 어렵지 않게 영업 리더로 승진할 수 있다.

문제는 그다음이다. 앞서 살펴보았듯이 영업 리더가 되면 영업인의 채용, 영업 조직의 구축, 통솔, 관리, 보상 등 다양한 업무를 감당해야 한다. 그런데 짧은 시간 내에 이러한 역할을 효과적으로 수행하는 것이 쉽지 않다. 영업만 잘해서는 유능한 영업 리더가 될 수 없는 것이다. 그래서 영업인으로는 성공했지만 영업 리더로서는 실패하는 사람들이 적지 않다.

그럼에도 불구하고 기업들은 영업 실적이 뛰어난 영업인을 영업 리더로 선발한다. 물론, 새로운 영업 리더가 영업인 시절에 뛰어난 실적을 보여주지 못했다면 공정한 실적 평가, 고객 할당, 보상 결정을 비롯해 그 밖의 중대한 업무에 대해서도 영업인들의 신뢰를 얻기 힘들 것이다. 영업인들이 영업 리더의 자격을 의심할 것이다. 따라서 실적이 뛰어난 영업인을 영업 리더로 승진시키는 것은 일반적인 현상이다.

이러한 문제를 사전에 예방할 수 있도록 기업에서는 영업인들과 마찬가지로 영업 리더들도 승진 전, 또는 승진 후에라도 리더로서 역할 수행 중에 지속적으로 교육이나 코칭을 통해 필요한 역량이 개발될 수 있도록 시간과 예산을 투자해야 한다. 또한 영업인 시절의 실적뿐 아니라 리더로서의 자질 등을 고려하여 예비 영업 리더 풀을 만들고 지속적으로 신임 영업 리더들이 새로운 지위에 맞는 새로운 태도, 사고 방식, 가치관에 대해 교육과 코칭을 체계적이고 지속적으로 제공하는 것이 필수적이다. 그 효과는 영업 리더가 말해줄 것이다.

영업 리더
육성
프로세스

조직 행동 전문가인 진 돌턴Gene Dalton과 폴 톰슨Paul Thompson은 지식 노동자의 생산성을 관찰하고 다음과 같은 의문을 제기했다.

"지식 노동자 중에서는 자신의 전성기를 지나서도 높은 평가를 받는 사람이 있는가 하면, 그렇지 못한 사람도 있는데 그 이유는 무엇일까?"

연구 결과 실적이 뛰어난 사람들은 자신의 경력에서 각 단계를 거치면서 조직에 더 많이 기여하는 것으로 나타났다. 과거에 자신에게 성공을 가져다준 행동들을 온전히 자기 것으로 만들었을 뿐 아니라, 그다음 단계에서 실적을 내는 데 필요한 새로운 기술과 비전을 갖추

어 조직에 기여한다는 것이다. 돌턴과 톰슨이 제시한 4단계 모델은
다음과 같다.

- 1단계 : 도움을 받고 배우는 단계
- 2단계 : 개인적으로 기여하는 단계
- 3단계 : 다른 사람을 통해 기여하는 단계
- 4단계 : 조직의 방향을 제시하는 단계

이 모델의 장점은 개인→기여자→리더로 넘어가는 과정에서 나타
나는 특징을 아주 잘 설명하고 있으며 영업 리더로서 더 많은 책임을
지고 더 높은 목표를 달성하는데 필요한 관리 업무를 명시하고 있다.

1단계 : 도움을 받고 배우는 단계

조직에 들어가면 조직이 구성원들에게 요구하는 지식을 익혀야 하
고 적절한 능력과 배우려는 의지를 보여야 한다. 또한 직무 기술서에
명시되어있는 내용과는 별도로 일의 우선순위를 알아야 한다. 조직
도에 나와 있는 공식적인 경로뿐 아니라 조직 고유의 관행적이고 비
공식적인 경로에 따라 일을 처리하는 방법도 배워야 한다. 또 상사의
지도하에 자신의 능력과 잠재력에 대한 평가를 받으면서 맡은 일을
처리해야 한다.

이 단계에 있는 사람은 무엇보다도 다음과 같은 행동을 배우고 보여 주어야 한다.

- 리더의 지도하에 자기가 맡은 일을 창의적이고 주도적으로 처리하면서 해당 분야에서 경험을 쌓은 사람들로부터 배운다(예를 들어 자신의 성향에 가장 잘 맞는 방식으로 영업을 하면서 회사가 요구하는 가치 제안, 범위 선택, 방문 과제를 준수한다).
- 때로는 대형 프로젝트의 일부를 맡는다. 정해진 목표에 따라 업무를 제때에 능숙하게 처리할 수 있는 능력을 보여준다(예를 들어 팀별로 할당된 담당 구역이나 고객 집단에서 한 부분을 맡는다. 방문 보고서를 작성하고 CRM 상에 유익한 정보를 정리해 둔다).
- 시간과 예산의 허용 범위 내에서 자신이 맡은 일을 처리한다. 조직의 구성원으로서 일을 처리하는 방법을 적극적으로 배운다.

1단계는 견습 기간이라 할 수 있다. 그런데 많은 영업인들이 이 단계에 머물러 있다. 이들 중에서 같은 일을 수년 동안 해 왔지만 여전히 개선이 필요한 영업인이 많다. 그가 영업인인지 영업 리더인지는 별개의 문제이다. 여전히 1단계에 머물러 있는 것이 문제이다.

새로 들어온 영업인들은 자신이 맡은 일에 신속하게 적응해야 한다. 다른 곳에서 얼마나 일을 잘했는지는 중요하지 않다. 중요한 것은 이곳, 현재의 시장, 고객, 조직에서의 기여이다. 실적의 대부분은 기업의 고유 자질과 자원에서 나온다. 그러므로 새로 들어온 영업인은 자신의 실적에 영향을 줄 수 있는 조직 내의 다른 영업인들과 신뢰 관계를 형성하면서 조직의 요구를 알기 위해 적극 노력해야 한다. 그렇지 않으면 1단계에서 벗어날 수 없다.

1단계에 있는 사람은 해당 분야에서 경험이 풍부한 영업인들의 가르침을 기꺼이 수용하고, 진취적인 모습을 보이고, 핵심 과제를 수행해야 할 책임이 있다. 이에 대한 기대를 분명히 표현하는 것은 조직의 몫이다.

2단계 : 개인적으로 기여하는 단계

2단계로 넘어가는 영업인은 관리를 받지 않고도 상당한 실적을 낼 수 있다는 평판과 실적이 있어야 한다. 실적은 특정 분야에 대한 깊이 있는 지식이나 개인적 노력에 바탕을 둔다. 이 단계는 전문 직업인의 정체성을 확립하고 행동으로 채워가는 과정으로 대부분의 기업에서 전체 직원의 40~50%를 차지할 정도로 두터운 층을 형성한다. 이들은 다음과 같은 책임을 가진다.

- 특정한 프로젝트에 대해 처음부터 끝까지 책임을 진다(예를 들어 새로운 시장이나 고객을 대상으로 동료들과 함께 프로젝트를 수행한다. 그리고 결과에 대해 책임 의식을 보여준다).

- 관리하는 시간이 더 많아지며, 문제를 해결하여 난관을 극복하는 능력을 보여준다. 또한 실적을 향상시키기 위한 방법을 제시함으로써 명시적이든 암시적이든 리더와의 관계를 재조정한다.
- 실적이 뛰어나고 책임감이 강한 사람이라는 평판이 중요하다. 동료들과의 신뢰 관계를 형성한다.

2단계에서는 기술적인 능력도 필요하다. 1단계의 영업인은 기술이 부족할 수 있지만, 2단계의 사람은 충분한 기술 수준을 갖추고 있어야 한다. 애널리스트가 분석을 하듯, 영업인은 적절한 판매를 통해 수익을 창출할 수 있어야 한다. 이것이 전문성이다.

2단계에서의 성공은 능력을 갖추는 것뿐만 아니라 그런 능력을 인정받는 것을 의미한다. 즉, 평판이 중요하다. 평판은 더 많은 역할과 책임을 맡기 위한 기회와 직위를 얻게 해준다. 바로 이런 이유 때문에 동료, 관리자, 팀 또는 다른 부서 사람들과의 관계가 중요하다.

2단계에서는 성공한 순위에 따라 영업 리더가 정해진다. 현재 많은 영업인들이 2단계에 머물러 있다. 이들은 가치를 인정받고 큰 보상을 받기도 하지만 그것은 개인적으로 달성할 수 있는 정도를 넘지는 않는다. 이들이 계속해서 실적을 내려면 자신이 영향을 미칠 수 있는 범위를 넓혀야 한다. 시장 상황과 고객의 변화에 따라 중요 영업 과제가 바뀐다고 해도 자신의 능력을 유지, 강화할 수 있어야 한다. 그렇지 않으면 지속적인 발전을 기대하기 어렵다.

2단계에서 요구되는 혜택, 위험, 요건을 인식하는 것은 개인의 책임이지만, 기대를 분명히 하고 적절한 지원(2단계에 계속해서 남아야 할 영업인들에게는 더 많은 영업 스킬을 지원하고, 영업 리더 후보군에게는 교육, 멘토링을 제공한다)을 하는 것은 조직의 책임이다.

3단계 : 다른 사람을 통해 기여하는 단계

지금까지 우리는 개인적인 기여에 대해 살펴보았다. 그러나 개인의 기여가 갖는 한계를 뛰어넘어 다른 사람들을 통해 기여할 수 있어야 한다. 이것이 리더가 해야 할 일이다.

훌륭한 리더가 되려면 사람들이 적절한 행동 방식을 선택하고 그들의 다양한 활동이 하나의 목표를 향하도록 지원하고 영향력을 발휘해야 한다. 고객에게 문을 열어주기 위해, 의사결정에 다가가기 위해, 계약을 성사시키기 위해 직접 나설 필요는 없다. 영업인으로서 쌓아온 경험과 신뢰 위에서 중요한 영업 과제를 영업인들에게 이해시키고 수행하도록 하면 된다. 보다 큰 기업의 목표와 관련한 팀의 실적에 대한 책임을 져야 하기 때문이다. 3단계에 있는 사람이 성취하고 보여주어야 할 과제와 행동은 다음과 같다.

- 업무 영역과 조직에 대해 더 많이 알아야 한다. 3단계에 있는 사람은 전문성에 만족해서는 안 되며 자신의 전문성을 효과적으로 연결하는 방법을 터

득해야 한다(한마디로 말해서 자신의 전문성을 조직에 통합하는 사람이 되어야 한다).

- 비즈니스에 대한 폭넓은 안목을 가져야 한다. 영업인들이 시장과 경쟁 상황에 대한 더 깊이 있는 이해, 다른 부서와의 관계, 전략적 방향에 대해 이해할 수 있도록 도와야 한다.

- 리더, 멘토로서, 아이디어 개발과 실천에 있어서 모범이 되어 영업인들의 실적을 강화하고 중요한 사안에 대해서는 자신의 조직을 대표해야 한다.

3단계에서 유능한 영업 리더라는 소리를 들으려면 다음의 두 가지 활동에서 자신의 능력을 보여주어야 한다.

첫째, 자신이 이끄는 영업 조직의 실적을 결정짓는 다양한 요소들의 관계를 적절히 조율할 줄 알아야 한다. 그다음 자신이 맡은 부서를 뛰어넘어 네트워크 확충에 적극 노력함으로써 다른 부서의 자원을 활용하고 협력을 이끌어 낼 수 있어야 한다. 이러한 노력은 자신이 맡은 부서의 실적을 증대시키는데 반드시 필요하다. 예들 들면 마케팅 부서와의 사이에서 업무 조정과 협력은 영업 리더에게 매우 중요한 직무이다.

둘째, 영업인들의 능력 개발을 도와야 한다. 2단계의 영업인은 자기 자신을 개발하고 돌보기 위해 배우지만 3단계의 영업 리더는 다른 영업인들을 돌보고 조직의 행동에 대한 책임을 지기 위해 배워야 한다.

3단계에서 실적 향상을 위한 유일한 방법은 영업인들의 역량 개발을 지원하는 것이다. 그래야 리더가 자신의 영향력을 키우고 조직에는 더 많은 기여를 할 수 있게 된다. 그러나 여기에는 항상 긴장이 존재한다. 영업 리더가 역량 개발에 투자하면 영업인이 가치 있는 존재가 되어 다른 곳으로 옮겨갈 수도 있기 때문이다. 그러면 다시 그 자리를 채우기 위해 다른 영업인을 찾아야 한다. 그래서 영업 리더들은 영업 인재를 육성하기보다 비축하려는 경향이 있다. 자신이 키운 인재를 놓치고 싶지 않기 때문이다.

뛰어난 영업인은 대게 야심을 갖고 있다. 이들은 더 높은 소득과 더 높은 지위를 위해 언제든 떠날 준비가 되어 있다. 이것이 종종 기업에 문제를 일으키고 조직을 재편해야 하는 원인이 된다. 인력 개발에 대한 공감대 형성이 중요한 이유가 바로 여기에 있다.

인력 개발에 대한 공감대는 영업인의 경력 개발에 관한 공동의 책임과 기대를 처음부터 명확히 밝힘으로써 조성될 수 있다. 리더를 키울 줄 아는 영업 리더가 훌륭한 리더이다. 이런 리더들에게는 영업 인재의 발전을 가로막지 않고 성장시켜줄 것이라는 평판 때문에 뛰어난 인재들이 많이 몰린다.

4단계 : 조직의 방향을 제시하는 단계

대부분의 영업 리더들은 3단계에 있다. 이 단계에서는 더 이상 나아가지 않아도 직장인으로서는 성공할 수 있다. 하지만 이 단계에서의 기여는 리더가 알고 있는 사람과 일로 한정된다. 이에 비해 4단계는 잘 모르는 사람이나 한 번도 대화를 나눠본 적이 없는 사람들에게도 영향력을 미치는 방법을 찾아야 한다. 한마디로 조직의 방향을 제시하는 단계로, 조직 전체에 영향력을 행사할 수 있는 안목과 조직의 요구에 대한 대응력이 요구된다.

4단계에 있는 영업 리더는 다음과 같은 과제에 책임을 져야 한다.

- 전략적 이슈에 대해 자신의 조직을 대표한다.
- 프로세스, 운영 시스템, 실행, 전략의 변화를 통해 조직의 실적과 역량을 강화한다.
- 조직의 더 큰 이익을 위해 어려운 결정을 내리고 권한을 행사한다.

3단계의 사람들이 자기 조직과 그 주변 환경 속에서 성과를 달성한다면, 4단계의 사람들은 자신이 속한 산업과 변화하는 고객, 경쟁 환경 속에서 성과를 이루어낸다. 이들은 영업 분야에서 목표, 범위, 경쟁 우위 그리고 이러한 요소들을 최선으로 처리하는 방법에 대해 전문성을 가지고 있다. 또한 문제를 진단할 뿐 아니라 그것을 해결할 옵션도 보유하고 있다. 이들은 조직 내에서 가장 똑똑한 사람들은 아닐 수 있다. 그러나 조직의 현재와 미래 그리고 그곳으로 가기 위해 요구되는 변화에 대해 생각하는 사람들이다.

조직에서 권력의 사용은 변화를 위한 중요한 요소이다. 4단계에 있는 사람들은 조직이 부여하는 힘을 활용하는 방법을 알고, 이들은 권력을 행사하고 장기 목표와 단기 목표의 균형을 유지한다. 권력을 남용해서는 안 되지만 조직의 이익이 걸려 있을 때에는 단호하게 사용해야 한다는 것을 알고 있다. 4단계에 있는 사람들 중에 임원이 나온다.

영업 인재 육성에 대한 시사점

다음의 〈표 6-1〉은 돌턴과 톰슨의 4가지 발전 단계를 요약한 것이다.

〈표 6-1〉 발전 단계별 역할과 기여

	1단계	2단계	3단계	4단계
역할	조력자, 배우는 사람	개인적으로 기여하는 사람	다른 사람을 통해 기여하는 사람	조직의 방향을 제시하는 사람
조직과의 역할	견습생	동료, 전문가	관리자, 팀장	후원자, 전략가
역할 조정	의존적	독립적	다름 사람에 대해 책임을 진다	권한을 행사한다
기여	맡은 업무 처리, 동료 지원	기술 전문가	타 부서와 협력 관계와 최선의 실행을 위한 리더	조직을 발전 시키고 변화 시킨다

이 모델은 달라지는 역할, 역할 조정, 조직 내에서의 인간관계뿐 아니라 개별적으로 기여하는 사람에서 효과적인 관리자로 넘어가는 과정에서 뛰어난 사람이 계속 뛰어난 사람으로 남게 해주는 실적에 대한 기여를 강조한다.

돌턴과 톰슨은 각 단계에서 나타나는 발전과 상관관계가 높은 요인을 살펴보았다. 그 결과 누가 계속해서 발전하여 조직에 기여할 것인가는 출신 학교, 전공 분야, 근속 연수, 학위와 상관관계가 거의 없었다.

일례로 MBA 출신이 높은 실적을 올리는 것은 아니었다. 주어진 과제와 능력 개발 기회를 어떻게 관리하고 활용했는가가 중요한 요인으로 작용했다. 지능, 호기심, 인맥, 야심, 대인관계 스킬 등도 플러스 요인으로 파악되었다. 하지만 역시 가장 중요한 것은 조직적 요인이었다. 이러한 결과는 영업 리더 육성에 다음과 같은 중요한 시사점을 제공한다.

교육과 능력 개발을 위한 시사점

교육의 첫째 과제는 적합한 능력을 개발하는 것이다. 회사의 목표와 영업 과제에 맞는 교육과 지속적인 코칭을 통해서 연습 기회를 반복적으로 제공하고, 교육과 실적에 대한 사후 관리를 철저히 하는 것이다.

영업인을 영업 리더로 육성하기 위한 과제는 다음 단계에서 책임 져야 할 역할을 미리 숙지하도록 준비하는 것이다. 영업인 교육이 회 사의 전략을 수행하기 위한 역량에 집중하는 것이라면, 다음 단계를 향한 교육은 리더가 되려는 사람이 내부가 아닌 외부로 시야를 돌릴 수 있는 역량을 개발하도록 하는 것이다. 이렇게 하면 영업 조직에서 반복적으로 발생하는 문제, 즉 영업 리더 교육에 시간과 비용을 투자 하고서도 별다른 성과를 거두지 못하는 병폐를 줄일 수 있다.

계속해서 영업인으로 남아있을 사람에게 투자하면 수익률이 저하 될 수밖에 없다. 현재와 미래의 영업 리더들이 조직의 내부에서 외부 로 새로운 사실과 아이디어를 인식하고 흡수하도록 해야 한다. 이들 이야말로 영업의 효과를 증진시키고 지속적인 발전에 필수적인 모델 을 정립하기 위한 주체이기 때문이다.

직무 설계와 인원 배치를 위한 시사점

영업을 비롯해 모든 직무에는 암묵적으로 요구되는 활동이 있다. 그런데 이러한 암묵적 활동이 암묵적으로만 남아있는 경우가 많다. 대부분의 기업들이 제시하는 내용은 모호하고 불투명하다. 채용된 사 람들로부터 "당신은 직무 기술서에 나오는 내용을 읽고 무엇을 해야 하는지를 이해해야 한다"라는 말을 듣지만 대부분 이해하지 못한다.

실적에 대한 공감대가 있으면 구성원들이 무엇을 해야 하는지를 분명하게 알 수 있다. 또한 사람에 따라 다음 단계로 빨리 이동하는 사람과 그렇지 못한 사람이 있다는 것을 인정하게 된다. 영업인과 영업 리더는 역할이 변하면서 기대와 과제에 대해 소통할 수 있다. 이들은 서로 공감대를 바탕으로 다음 단계에서 실적을 유지하고 쌓아가기 위해 무엇을 해야 하는지를 알고 있기 때문이다.

다음으로 인력 개발에 대한 공감대는 인원 배치를 위한 시사점을 제공한다. 예를 들어 새로운 시장을 상대로 팀 영업을 해야 하는 상황이 발생했다고 가정해보자. 이 경우에 영업팀에 누구를 배치할 것인가가 성과를 좌우하는 주요 요인이 되기도 한다. 이때 많은 기업들이 다음과 같은 원칙을 적용한다.

대형 고객=대형 매출=각 지역에서 가장 뛰어난 영업인을 배치하여 함께 일하도록 한다.

그러나 뛰어난 영업인이라 하더라도 2단계에서 개별적으로 기여하는 영업인이 팀 과제에는 적절치 않을 수 있다. 결국 다음과 같은 결과가 나올 수 있다.

대형 고객=팀 전략과 조화를 이루지 못하는 개별적 노력=협동과 동료애에 대한 요청과 피드백으로 시간을 허비한다(최악의 경우에는 실적을 놓고 내분 발생).

결국 3단계로 넘어가는 사람이 팀 영업 상황에서 뛰어난 실적을 보여주는 영업인이다. 이들은 팀 영업 상황에서 뛰어난 실적을 보여주는 사람들이다. 이들은 내부 네트워크를 자연스럽게 구축하여 미래의 영업 리더로 성장하는데 큰 도움이 되는 조직 전반에 걸친 폭넓은 지식을 갖추고 있다.

이처럼 인력 개발에 대한 공감대는 영업 리더가 영업인을 배치할 때뿐만 아니라 영업인들이 경력 개발을 위해 요구되는 행동을 이해하는 데 시사점을 준다.

경력 개발에 대한 시사점

돌턴과 톰슨이 직장인 20만 명을 대상으로 조사한 바에 따르면 응답자들이 기업이 경력 개발을 지원하는 방식을 개선해 주기를 강력히 원하는 것으로 나타났다. 갤럽Gallup도 조사를 통해 이 같은 사실을 확인했다.

영업 리더들은 영업인들의 기대치가 높아지는 것을 기피하는 경향이 있다. 기업은 위로 갈수록 좁아지는 위계 조직이다. 따라서 영업 리더들은 경력 개발에 관한 논의 자체가 영업인들의 기대만 높이고 결국 실망감만 안겨줄 것이라고 생각한다. 경력 개발에 대한 논의가 없어도 결국엔 실망한다. 자기만의 방식으로 온갖 상상을 할 것이고, 승진에서 누락된 현실 앞에서 믿을 수 없다는 표정을 지을 것이다.

현실적으로 뛰어난 영업인을 자기 조직에 계속 잡아 두기 위해 경력 개발에 대한 논의를 기피하는 리더들도 있다.

경력 개발에 대한 논의가 부족하면 영업 조직의 발전을 기대하기 어렵다. 시간이 지나면서 영업 조직 전체가 인재 기근에 시달리게 된다. 영업 리더와 영업인들이 공유하는 경력 개발 모델이 있어야 한다. 이 모델은 경력 개발에 필요한 대화의 장을 만들어 주고, 역량 개발에 중대한 영향을 미친다. 영업인을 붙잡아 두기 위해 1단계와 2단계에만 머물러 있게 만드는 영업 리더를 만나면 영업인들의 경력 개발은 정체될 수밖에 없다.

자신이 우수한 인재를 독점할 수 없다는 사실, 인재는 기업의 자산이며 일정기간 동안만 리더가 빌려 쓰는 것이라는 점을 영업 리더는 인식해야 한다. 조직 측면에서는 이 4단계 모델이 리더와 구성원 간에 기대를 일치시켜주고 역량과 영업 실적 간의 연결 고리를 만들어 줄 수 있다.

개인과 조직의 능력을 개발하기 위한 이러한 노력과 접근 방식은 기업이나 영업 조직의 모든 구성원들이 4단계에 있어야 한다는 의미는 아니다. 조직은 각 단계에서 각자의 역할을 효과적으로 수행하는 인재들의 포트폴리오를 필요로 한다. 이를 위해서는 변화하는 시장 여건에 맞추어 각 단계의 인재들이 높은 실적을 유지하도록 해주는 요인에 대한 공감대를 형성하는 것이 중요하다.

이러한 공감대를 형성하는 것은 공동의 책임이다. 이와 관련하여 돌턴과 톰슨은 다음과 같이 강조한다.

"직원 개인의 경력과 역량 개발은 기본적으로 자신의 책임이다. 어떤 조직, 어떤 리더도 개인을 위해 그 일을 대신해 줄 수는 없다. 그러나 리더는 미래에도 조직이 지속적으로 발전할 수 있도록 조직을 설계해야 할 책임이 있다."

전략과 영업의 일치는 경력 개발 과정에서 나타나는 고유의 과제를 구성원들에게 이해시키는 것이기도 하다. 또한 더 많이 기여하고 승진하기 위한 핵심 요건에 대한 커뮤니케이션이기도 하다. 이 과정에서 조정자coordinator로서의 역할이 더욱 중요해진다.

개별적 기여자에서 리더를 거쳐 조직의 방향을 제시하는 존재로 성장하는 동안 직면하는 과제들을 해결하기 위해서는 부서 내부는 물론 조직 전체에 걸쳐 인적 네트워크의 조정coordinate에 더 많이 의존하기 때문이다.

PART 7

성과 관리 프로세스

7장 참고문헌

1. Cespedes, Frank V(2015)), "Aligning Strategy and Sales." International Journal of Sales Transformation, no. 1. 1 (April) : 52–54

2. Cespedes, Frank V., and Steven Maughan(2015). "Four Ways to Build a Productive Sales Culture." Top Sales Magazine (July 14), 15–17.

3. Cespedes, Frank V(2014), "Putting Sales at the Center of Strategy." Harvard Business Review 92, no. 10 (October) : 23–25.

4. Corn, William L. and Thomas E. DeCarlo(2010), Sales Management: Concepts and Cases, 10th ed., John Wiley. & Sons, Inc., 323-340.

5. Jackson. Jr., Donald W., John L. Schlacter, and William G. Wolfe(1995)."Examining the bases utilized for evaluating salepeoples' performance," Journal of Personal Selling and Sales Management, 15(4) 57-65.

6. Johnston, Mark W. and Greg W. Marshall(2011), Churchill/Ford/Walker's Sales Force Management, 10th ed., MaGraw-Hill, 403-425.

7. Jerry D. Elmore(2005), "The 5 Best Practice of Highly Effective Sales Managers", AuthorHouse, 2005

8. Linda Richardson(1996), "Sales Coaching : Making the Great Leap from Sales Manager to Sales Manager to Sales Coaching', McGraw-Hill.

9. Spiro, Rosann L., Gregory A Rich, and William J. Stanton(2008), Management of a Sales Force, 12th ed., McGtaw-Hill, 457-477.

10. Zoltners, Andris A., Prabhakant Sinha, and Greggor A. Zoltners(2001), The Complete Guide to Accelerating Sales Foece Performance, AMACOM, 415-433.

기대에 대한 커뮤니케이션

영업 조직 내에서 리더와 영업인 간의 커뮤니케이션의 목적은 영업인들에게 무엇을 기대하는지를 명확하게 이해시키고 영업인들이 그것에 집중하게 하기 위한 것이다. 영업 리더의 기대를 명확히 하고 커뮤니케이션한다는 의미는 마치 퍼즐의 완성된 모습을 영업 리더와 사원이 함께 바라보는 것과 같다.

영업 리더의 입장에서는 영업인에게 미래에 대한 청사진을 보여주고 그 청사진을 위해 어떤 것들을 제공해 줄 수 있고 도와줄 수 있는지를 구체적으로 이해시키는 과정이다. 또 영업인의 입장에서는 자신의 미래에 대해 완성된 그림을 영업 리더와 함께 그려 보며 자신의 미래 모습과 현재 모습 속에서 갭을 인지하고 무엇을 개발하고 어떤 노력을 기울여야 하는지를 이해하는 과정이라 할 수 있다.

많은 영업 리더들을 만나 이야기 해보면 단순한 말하기나 지시하기를 영업인들과의 커뮤니케이션이라고 혼동하는 경우가 많다. 하지만 이것은 단지 한 방향의 일방적인 전달일 뿐이다.

필자는 영업 리더들과 영업인들에게 각각 서로에게 기대하는 바가 무엇인지를 물어보았다. 그리고 상대방이 자신에게 기대하는 바를 알고 있는지의 여부를 확인했다. 그런 후 그들의 대답을 비교해보면, 많은 차이가 있었다. 그 이유는 업무에 대한 상호 기대가 명확하게 정의되어 있지 않고 서로 그것에 관해 커뮤니케이션이 이루어지지 않았기 때문이다. 따라서 이 차이를 메우는 방법을 알아야 한다.

영업인에 대한 기대를 전달하고 커뮤니케이션하는 것은 한 번의 면담이나 회의로 끝나는 것이 아니다. 그것은 지속적인 사후 관리가 필요하고 항상 진행해야 하는 과정이다. 탁월한 영업 리더들은 다음과 같이 사후 관리를 한다.

- 영업인에게 기대하는 바를 점검, 관찰하고 평가함으로써 영업인들이 영업 리더의 기대에 대해 책임감을 가지고 준수하도록 상기시킨다.
- 지속적으로 정보를 제공하고 경청하면서 함께 일한다.
- 피드백을 하되 비난은 하지 않는다.

일단 하나의 목표를 달성하고 나면 성과를 축하하고 공개적으로 칭찬해 줘야 한다. 축하와 칭찬은 영업인들에게 힘을 불어넣고 새로운 미래 활동에 대해 준비시켜준다. 그러나 하나의 목표 달성이 과정의 끝을 의미하는 것은 아니다. 영업 리더와 영업인들은 목표 달성 후에 새로운 계획 수립과 실행 과정에 대해 검토해야 한다. 이때 영업 리더는 자신과 영업인들에게 다음과 같이 질문을 던지고 답변들을 정리해놓아야 한다.

- 어떤 것이 효과가 있었고, 어떤 것이 효과가 없었나?
- 목표 달성으로 기대했던 이익이 발생했는가?
- 만약 이 일을 다시 한다면 어느 부분을 다르게 할 것인가?
- 일을 더 잘할 수 있도록 팀에 충분한 자원과 권한이 주어졌는가?
- 향후 더 큰 목표를 달성하기 위해 추가해야 할 것들은 어떤 것들이 있는가?

영업 리더와 영업인들은 사후관리를 통해 얻은 교훈들에 대해 충분히 이야기를 나누고, 부족한 부분을 개선해 나가는 것을 미래의 목표로 정해야 한다. 이것이 더 높은 성과를 향해 나아가는 효과적인 방법이다.

영업 과정에 대한 관찰

관찰은 영업인들이 영업 리더의 기대를 명확하게 이해했는지를 판단하는 데 도움을 준다. 유능한 영업 리더들은 시간을 내어 영업인들이 있는 곳으로 나아가 무슨 일이 일어나고 있는지를 관찰한다. 그리고 관찰 결과를 토대로 시도와 노력에 대해 인정하고 칭찬하며, 어떤 일을 올바르게 하지 않을 때는 영업인과 함께 점검하고 다시 자신의 기대를 명확하게 전달한다.

스포츠 코치들은 관찰의 개념을 확대하여 사람들을 개발시키는 전문가들이다. 그들은 TV에서 보는 것과는 반대로 선수들에게 훈계를 하거나 격려를 하지 않으며 심지어 소리도 거의 지르지 않는다. 그들은 주로 관찰에 많은 시간을 투자한다. 연습하는 모습을 지켜보고, 경기 도중의 플레이에 주목하고, 경기 후에도 비디오테이프를 통해 움직임 하나하나를 점검한다. 이러한 과정을 통해 선수 개개인의 특성을 파악하고, 그에 관한 기록을 만들고, 개선을 위해 활용할 자료들을 수집한다. 그리고 자기 위치에서 벗어나거나 계속 실수하는 선수들에게 기대를 전달하고, 능숙하게 할 때는 칭찬을 아끼지 않는다.

탁월한 영업 리더들도 코치들처럼 관찰, 정보 수집, 피드백 등을 통해 영업인들에게서 최고의 성과를 이끌어낼 수 있다.

무엇을 관찰할 것인가?

스포츠 코치가 선수들의 움직임과 특이 사항들을 세심하게 관찰하는 이유는, 그것이 선수로서의 효율성을 정확히 보여준다는 사실을 알고 있고, 또 선수들이 그 결과를 자신의 특성에 따라 자연스럽게 발전시킬 것이라는 것도 알고 있기 때문이다.

영업 리더들도 마찬가지이다. 영업인들의 효율성을 판단하기 위해 그들의 움직임과 특성 그리고 표준 활동의 활용 여부를 지켜보아야 한다. 이와 관련하여 전문 코치들이 운동 선수들을 개발시키기 위해 어떻게 하는지를 주목할 필요가 있다. 그들은 같은 실수를 되풀이하는 선수에게 개선 사항을 전달하고 일정한 훈련을 거친 뒤의 결과를 다시 점검하며 개선되었을 때는 격려하고 축하해 준다. 영업 리더가 영업인들의 활동을 개선하는 것도 이와 다르지 않다. 이때 유념할 사항은 다음과 같다.

영업인의 행동을 관찰한다.

어떤 행동을 하는지를 지켜보고 실수하는 이유가 어디에 있는지를 파악한다. 그리고 그것을 어떻게 시정해야 할지를 고민한다.

한두 번의 관찰이 아니라 여러 번의 관찰이 필요하다.

영업 리더가 한두 번의 동행, 관찰로 그전의 모든 행동을 유추하는 것은 오류 가능성이 크다. 실수 또는 문제의 행동이 일시적인 것인지 아닌지를 알려면 최소한 몇 번의 관찰을 거쳐야 한다.

개선할 부분에 대해서는 영업인에게 정확히 알려준다.

많은 영업 리더들이 이를 두려워한다. 갈등을 피하고 싶은 것이다. 하지만 그래서는 아무런 개선도 이루어지지 않는다. 개선 사항을 이야기해 주고 어떻게 해야 할지 방법을 시연할 수 있어야 한다.

영업 리더가 일러준 대로 영업인이 개선을 위한 시도를 하고 있는지 지켜본다.

이는 매우 중요한 과정이다. 실행이 중요하다. 영업 리더의 설명과 시연이 영업인을 통해 실제 행동으로 드러나야 하고, 영업 리더는 이를 확인할 수 있어야 한다.

영업인의 시도 결과에 대한 피드백이 중요하다.

잘했다면 칭찬해 주는 등의 지지를 표시해야 한다. 긍정적인 강화는 시도하는 당사자에게 강한 동기부여가 된다. 이는 마치 기어 다니는 아기를 걷도록 격려하는 것과도 같다. 아기가 비틀거리면서 한 발짝을 떼려고 할 때 힘차게 응원해 주고, 설사 주저앉는다 해도 격려해 주면서 사랑스럽게 안아주는 것처럼 말이다.

영업 리더는 영업인의 시도 자체를 인정하고 원하는 성과를 얻을 때까지 든든한 지지자가 되어 관찰과 설명, 훈련, 피드백을 제공해야 한다. 이것이 유능한 영업 리더가 하는 일이다.

이와 더불어 유념해야 할 것이 또 있다. 영업 리더가 코치의 태도를 일관되게 견지하는 것이다. 과거의 자신보다 우수한 영업인에 대해서도 영업 리더는 얼마든지 좋은 코치가 될 수 있고, 또 그래야 한다. 최고가 아니었던 선수가 최고의 코치가 되는 것처럼 영업 리더는 코치의 관점과 태도를 가지고 영업인들을 도와 이끌 수 있는 사람이다.

언제 관찰하는 것이 좋은가?

영업 리더들은 영업인들의 역량을 다음과 같은 기회를 통해 관찰할 수 있다.

외부 컨설턴트나 훈련 기관 등을 이용할 때

영업 리더가 함께 그 훈련에 참가하고 훈련을 강화시켜주는 것이 중요하다.

역할 연습 시간

상호 역할을 정하고 롤 플레이하는 과정이 처음에는 다소 불편할 수 있지만, 지속적이며 관리가 된다면 스킬들을 향상시키는 중요한 방법이 될 수 있다.

전화 훈련

영업인들을 관찰하기에 가장 좋은 기회이다. 영업인들이 실제로 어떻게 활동하는지를 보여주는 본보기이기 때문이다.

현장 동행

영업인과 함께 현장에 직접 나가 보면 태도, 커뮤니케이션, 스킬 등 영업인에 관한 거의 모든 것을 파악할 수 있다. 또한 지원, 관찰, 시범 등과 같은 동행 목적을 효과적으로 달성할 수 있다.

회의 보고 시

영업 관련 회의나 보고는 영업인의 행동을 관찰할 수 있는 아주 좋은 기회이다.

목표와
전략에 맞춰
피드백 하기

영업 조직에서의 피드백은 영업 목표와 전략에 대한 이해를 바탕으로 한 영업인의 행동에 초점을 두고 해야 한다. 이는 피드백을 진행할 때 항상 염두에 두어야 하는 사항이다. 이러한 이유 때문에 영업 리더가 영업인들에게 기대하는 바가 무엇인지 명확하게 규정하는 것이 중요하다. 기대가 명확하면 평가 기준이나 그 기대치에 도달하는 지점도 분명해지기 때문이다.

영업인들에게 목표나 전략 그리고 이에 따른 기대를 개개인에게 전달할 때 보다 명확하고 구체적으로 설명할 필요가 있다. 아주 간단해 보이는 몇 마디의 말도 영업인 각자에게는 각각 다른 의미로 이해될 수 있기 때문이다.

예를 들어 '고객 중심'이라는 말을 영업인들은 각자가 느끼는 기업 문화, 과거의 경험, 조직에서 담당하는 역할에 따라 다르게 생각한다. 같은 단어에 대해서도 해석하는 바가 각기 다른 것이다. 따라서 '고객 중심'이라는 말이 영업인들에게 핵심 개념으로 전달되어야 하는 상황에서는 다음과 같이 명확하게 정의를 내려 줄 필요가 있다.

"고객 중심이란, 고객의 요구에 민감하게 반응하는 일이며, 문제가 있으면 끝까지 해결하려는 태도이고, 고객에게 최선을 다해 헌신하려는 것이며, 일이 늦어질 경우 다른 대안을 제안해 주는 것이고, 고객의 기대를 넘어서는 서비스를 제공하기 위해 최선의 노력을 기울이는 것이며, 고객에 따라 스타일이나 접근 방법을 다양하게 하는 것이다."

이렇게 명확하게 개념 설명이 이루어졌을 때 영업인들은 영업 리더가 기대하는 바가 무엇인지 올바로 이해하게 된다. 피드백이 효과적이려면 의도적으로 꾸준히 이루어져야 한다.

영업 리더들은 매일매일 영업인들에게 많은 피드백을 제공한다. 하지만 별도로 피드백을 준비할 시간이나, 명확한 의도나 혹은 기술도 없이 영업인들에게 피드백을 제공하고 있을 수도 있다. 하지만 의도를 가지고 피드백을 하는 경우와 그렇지 않은 경우는 전혀 다른 결과를 가져온다. 이런 경우 정말 소통하고자 하는 것과는 전혀 다른 메시지가 전달되기 쉽다.

영업 리더들에게 피드백 기술은 반드시 필요하다. 그러나 이 기술은 저절로 습득되는 것이 아니다. 긍정적인 피드백을 제공하는 일조차도 잘되지 않는 경우가 많다. 어떤 영업 리더들은 영업인이나 팀을 칭찬하는 일이 위선을 떠는 것이라고 생각하기도 한다. 또 어떤 영업 리더들은 긍정적인 피드백을 제공하려는 생각은 있지만, 일의 우선순위에 두지 않는다. 이유야 어찌 됐든 많은 영업 조직 내에서 긍정적인 피드백을 찾아보기 힘든 것이 현실이다.

효과적인 피드백 기술을 익히지 못한 영업 리더들에게 직접 피드백을 제공받은 경험이 있는 영업인들은 대부분 부정적인 경험이거나, 애매모호한 내용뿐이라든가, 속임수에 불과하다거나, 비판하기 위한 것이라고 여기기도 한다. 영업인들이 실제로 이렇게 느낀다면 피드백은 그야말로 전혀 실효성이 없는 뜬구름 잡는 이야기가 되어버린다. 그러나 영업인들이 작은 성공을 거둘 때마다 영업 리더가 가장 먼저 이를 알아차리고 시의적절한 피드백을 지속적으로 제공해줄 때 영업인들의 역량과 수행은 물론 자신감도 향상된다.

피드백을 통해 제공하는 정보는 미래의 행동에 영향을 미칠 수 있는 과거의 행동에 대한 것이다. 또한 과거의 행동을 통해 바람직한 결과에 영향을 줄 수 있는 미래의 행동에 대한 정보이기도 하다. 따라서 피드백이 성과로 연결되기 위해서는 피드백을 하기 전에 직원들에게 조직의 목표나 전략 그리고 이에 따른 기대를 개개인에게 피드 포워드Feed Forward를 할 필요가 있다.

평가를
성장의 기회로
만든다

영업인에 대한 평가는 일 년에 한두 번씩 정해진 형식에 따라 공식적으로 실시해야 한다. 형식은 대부분 회사의 인적 자원관리부서에서 정하는데, 적당한 평가 체계가 없다면 즉시 만들어야 한다.

평가는 단순히 결과만을 측정하는 것이 아니라, 그 결과를 달성하기 위해 어떤 일을 어떻게 했는가도 평가해야 한다. 즉 영업 활동을 위해 고객을 만난 횟수, 제안, 견적서, 견본, 시도 횟수 등 여러 가지 활동들을 평가 항목에 포함시켜야 한다.

지식에 대한 평가는 토론이나 공식적인 시험을 활용할 수 있다. 제품이나 시장, 고객에 대한 분야에 초점을 맞추는 것이 좋다. 그리고 기획, 조사, 관계 구축, 보고, 발표, 가치 창출, 수주, 시간 관리 등과 같은 스킬들을 평가한다.

스킬을 평가하는 일은 매우 까다롭다. 만약 평가 방법이 영업인들에게 주관적이고 임의적으로 느껴진다면 영업인들끼리 갈등이 생길 수도 있고, 평가 내용을 두고 논란이 생길 수 있다. 최악의 경우는 영업인들 전체의 심각한 의욕 상실로 이어질 수도 있다. 그러므로 영업 리더는 스킬을 평가하는 체계를 가능한 한 객관적인 요소를 갖춘 공식적인 절차로 만드는 것이 중요하다.

따라서 먼저 평가하고자 하는 핵심 스킬에 대해 숫자로 관리할 수 있도록 하고 숫자의 범위를 정해야 한다. 예컨대 1에서 5까지의 범위로 정했다면 영업인들에게 그 수치를 사용하여 자신의 등급을 매기도록 한다. 그리고 영업 리더가 사무실과 현장에서 관찰한 내용을 기초로 직접 사원들의 등급을 매긴다.

평가가 끝나면 평가 회의를 한다. 각 스킬에 대한 영업 리더의 평가와 영업인들의 평가 간 점수 차이에 관해 이야기를 나눈다. 왜 차이가 있는지 충분히 이해할 수 있게 충분히 대화한다. 그리고 영업인이 어떤 스킬 개발에 참여할 것인지, 언제 실행할 것인지에 대한 수행 계획을 세운다. 이를 통해 다음 목표와 필요한 교육 훈련 등에 대해 서로 합의하는 시간을 갖는다.

어떤 것을 평가한다는 것은 그것의 가치를 결정하는 일이다. 영업 리더는 영업인들의 강점을 평가하고 그 가치를 판단해야 한다. 하지만 그보다 더 중요한 것은 영업인들의 가치를 높이기 위해 어떻게 도와줄 것인가를 정하는 데 그 결과를 활용하는 것이다. 영업인이 최고의 가치를 실현하는 것을 방해하는 잠재적인 장애물을 파악할 수 있게 해주고, 장애물을 제거하여 가치를 높이기 위한 전략과 실행 방법을 제공할 수 있어야 한다.

왜 평가하는가?

영업인의 가치를 평가하는 이유는 분명하다. 그에 따른 많은 이점을 가지고 있기 때문이다.

- **방향을 제시해 준다** : 개발이 필요한 영역을 발견하여 더 높은 결과를 얻을 수 있는 새로운 방향을 제공해 준다.
- **새로운 목표를 설정하게 해준다** : 평가를 통해 기대 목표를 달성했을 때 더 높은 목표에 도전할 수 있게 한다.
- **영업인에게 신경 쓰고 있다는 것을 알게 해준다** : 이것이 이직을 줄이고 생산성을 향상시킬 수 있는 영업인에게 중요한 동기 부여 요소가 된다.
- **기대를 명확하게 하는 데 도움을 준다** : 평가 기간 동안 영업 리더와 영업인은 활동(전략, 스킬 등)에 대해 논의한다. 이를 통해 상호 기대를 명확하게 할 수 있다.
- **개발이 필요한 부분에 대해 영업인으로부터 지지를 얻는다** : 결과를 확인하고 그 원인이 되는 활동들을 파악하고 나면 이후의 계획과 실행에 대해 공감과 지지, 헌신을 이끌어낼 수 있게 된다. 특히 결과가 기대 이하였을 경우 개발과 분발의 기회로 삼을 수 있다.

- **미래를 위한 계획에 도움을 준다** : 평가 기간은 미래 지향적이다. 평가는 잘 진행되고 있는 일에 초점을 맞출 뿐만 아니라 성장하기 위해 바꿔야 할 것에도 초점을 맞춘다. 그것을 통해 더 나은 전략과 계획을 생각할 수 있다.

무엇을 평가 기준으로 삼을 것인가?

평가는 '내가 무엇을 어떻게 하고 있는가?'를 다루는 것이다. 즉, 평가의 기준을 무엇으로 할 것인지가 중요하다. 이때 영업 리더는 결과 지표와 과정 지표를 동시에 고려하여 평가하는 것이 중요하다.

- 양(판매액, 전화 건수, 약속 건수, 완료된 판매 건수, 판매된 물량, 예산 내 비용 또는 예산 외 비용)
- 질(고객만족도)
- 최초의 전화 통화에서 그다음 단계로 판매로 이동, 훈련 프로그램 참여, 팀 할당량 완수, 개선 목표 달성
- 마감 기한(데드라인), 제때에 통화 계획, 통화 보고서, 비용 보고서 제출.
- 지식 증가, 제품 특징들과 이점에 대한 학습, 그것들을 효과적으로 사용할 수 있는 역량

어떻게 평가할 것인가?

영업 리더가 평가를 진행하는 과정이나 내용은 아주 투명하면서도 구체적이어야 한다. 그래야만 평가의 공정성과 신뢰성을 담보할 수 있으며, 평가 후에 기대되는 개선 효과를 거둘 수 있다. 영업 리더는 영업인과 함께 다음의 사항들을 검토하고 평가하고 합의한다.

영업 리더의 기대

영업 리더의 기대치는 영업인에게 바람직한 업무 방법을 제시해 준다. 평가 또한 그 연장선상에서 이루어진다. 영업인이 자신의 기대를 어떤 활동으로 실현시켰는지를 평가한다. 일주일에 몇 건의 약속이 이루어졌는가? 약속들의 질은 어떠한가? 새로운 잠재 고객과의 약속들인가? 약속들이 판매를 위한 기회가 되었는가? 등이다.

성장과 개발 목표

영업 리더는 사전에 설정된 성장과 개발 목표에 비추어 평가를 진행한다. 상담 스킬의 경우라면 가망 고객과 통화하는 영업인을 관찰하고 그 결과를 검토함으로써 얼마나 성공적으로 목표를 충족시켰는지를 평가한다. 영업인이 코칭 시에 논의한 방법들을 사용하고 있는가? 얼마나 사용하고 있는가? 그것들이 효과가 있었는가? 없었다면 원인은 무엇인가? 등이다.

판매 목표
영업인에게 가장 중요한 평가 내용이라고 할 수 있다. 판매 목표에 대한 평가는 상시적으로 이루어져야 한다. 목표를 초과했는가? 목표액과 동일한가? 목표 미달인가? 왜 현재 그 상태에 있는가? 등이다.

주간 계획
영업 리더는 영업인의 목표 달성 계획이 얼마나 효과적이었는지를 수시로 평가한다. 계획은 잘 고려되었는가? 효과가 있었는가? 그렇지 않았다면 왜 그런가? 등이다.

평가는 미래에 대한 계획을 세우는 것이고, 영업인들을 계발시키고 문제를 해결하는 것이며, 동기부여에 관한 것이어야 한다. 따라서 매일매일, 매주 지속적으로 이루어져야 한다. 유능한 영업 리더들은 공식적으로든 비공식적으로든 항상 평가하면서 대책을 강구한다.

어떻게 평가 결과를 활용할 것인가?
평가는 그 자체보다 결과의 활용 여부가 성패를 좌우한다고 할 수 있다. 이를 어떻게 활용하느냐에 따라 평가가 개선과 성장의 촉매제가 될 수도 있고 혼란과 퇴보의 화근이 될 수도 있기 때문이다.
유능한 영업 리더는 영업인들의 목표 달성을 위해 동기부여를 하거나 필요한 활동을 조정할 때 평가 결과를 정보로 활용한다. 평가 결과에 비추어 현재 상태를 진단하고 개선할 부분을 피드백 한다. 그리고 관찰과 코칭, 재평가를 통해 더 높은 성과를 올릴 수 있게 돕는다. 이때 영업 리더들에게 필요한 질문들은 다음과 같다.

- 실적이 향상되고 있는가?
- 영업 기회가 늘어나고 있는가?
- 코칭을 받고 있는 영역에서의 개선 효과는 있는가?
- 성공에 필요한 태도를 갖추고 있는가?
- 문제 상황을 효율적으로 처리하는가?
- 새로운 아이디어를 시도하는 데 개방적이며 의지가 있는가?
- 문제를 야기하는 개인적 문제들이 있는가?

위의 이러한 평가 결과는 영업인들의 스킬 향상과 새로운 목표 달성을 위한 공동의 계획 수립에도 도움을 준다. 이에 필요한 접근법과 스킬은 다음과 같다.

- 목표에 이르는 단계들을 결정한다.
- 목표 달성에 필요한 스킬들을 구분한다.
- 확인된 스킬들의 체크 리스트를 작성한다.
- 스킬들을 향상시키기 위한 실행 계획을 세운다.

- 날짜와 시간 그리고 책임과 사후관리를 위한 계획서를 작성한다.

이러한 과정을 통해 영업인들은 자신의 현재 모습과 원하는 미래의 모습에 대해 주인 의식을 갖게 되고, 성장을 위한 중 단기 계획의 수립과 실행에 적극적으로 임하게 된다. 궁극적으로는 평가에 대한 부담과 걱정을 줄이고 주요한 동기부여의 기회로 삼게 된다.

유능한 영업 리더는 평가를 조직 전체가 성장할 수 있는 절호의 기회로 활용한다. 자신과 영업인들이 현재보다 더 나아지기 위해 계발하거나 강화해야 할 점들을 파악하여 긍정적으로 변화시켜나가는 데 역점을 둔다. 최고의 영업 조직은 그렇게 탄생하고 유지되는 것이다.

끝까지
책임지게 하기

회의는 영업 리더의 업무 추진 능력을 시험함과 동시에 영업인을 키우고 목표를 달성하게 하는 기회이다. 회의는 성격에 따라 '목표를 설정하기 위한 회의', '목표를 지원하기 위한 회의', '목표를 평가하기 위한 회의' 등으로 나눌 수 있으며, 기간에 따라 '주간 회의'와 '월간 회의'로 구분할 수 있다. 주간 회의와 월간 회의는 현장에서 가장 일반적으로 이루어지는 회의 형태로 목표와 관련한 내용도 수시로 다루어진다.

결과와 계획의 주간 회의

주간 회의는 2개 부분으로 구성된다. 첫 번째는 지난주의 목표에 대한 실행 결과에 관해 논의하는 것이고, 두 번째는 다가오는 주의 목표와 실행 계획에 관한 논의하는 것이다. 시간은 30분 이내가 적당하며 목적은 다음과 같다.

- 한 주간의 영업 결과를 논의하고 다가오는 주의 목표를 설정한다.
- 좋은 습관들을 발견하고, 코칭하고, 강화한다.
- 개인의 성공을 축하한다.
- 코칭 기회를 발견한다.

주간 회의는 목표에 집중하게 하고, 영업인들이 자신의 능력을 최고로 발휘할 수 있게 하며, 그 결과에 대한 책임을 느끼도록 한다. 회의 형식은 영업 리더와 영업인들이 질문을 통해 문답식으로 진행하는 것이 좋다. 질문 형식을 사용함으로써 영업인들은 자신의 영업 활동을 모니터 할 수 있게 되며, 이것이 장기적으로 개선된 영업 성과로 이어진다.

주간 회의 시 영업 리더의 역할은 다음과 같다.

효율적 회의 진행

영업 결과와 과정에 대한 질문에 집중하고, 영업인들이 주제와 벗어나지 않게 하며, 회의 시간이 길어지지 않게 한다. 영업인이 목표 대비 결과에 대해 보고하는 동안에, 영업 리더는 경청하고 무슨 일이 있었는지, 그 영업인이 목표를 달성하고 있는지 아닌지를 이해하기 위한 추가적인 질문을 한다.

회의 참가자들이 개방적이고 적극적인 자세로 참여하도록 격려하기 위해서는 영업 리더가 보고 시 화를 내거나 부정적인 면을 보여 주어서는 안 된다. 결과가 좋지 않다면 중립적인 자세를 유지하고 결과들이 좋다면 훌륭한 성과에 대해 긍정적으로 인정해 준다.

목표 달성과 설정 그리고 핵심 활동에의 집중

아래의 질문들은 목표와 관련하여 영업 리더가 주간 회의에서 물어볼 수 있는 것들이다.

- 지난주 결과들은 어떻게 되었나?
- 장애물들은 무엇이었나?
- 이러한 장애물들을 극복하기 위해 어떤 계획을 가지고 있나?
- 목표에 못 미치는 영역들을 개선하기 위해 어떤 계획을 가지고 있나?
- 다음 주 목표는 무엇인가?
- 목표를 달성하기 위해 어떤 활동들을 계획했나?
- 영업 리더가 무엇을 도와주면 좋겠는가?

성공에 대한 인정과 칭찬

주간 회의는 인정과 칭찬을 통해 영업인들을 보상할 아주 좋은 기회이다. 예를 들어 영업인이 고객의 니즈를 판단하기 위해 자신이 사용했던 특정 질문을 설명했을 때 영업 리더는 다음과 같이 칭찬할 수 있다.

"그 질문은 아주 개방적이고 훌륭했어요. 바로 그런 질문이 예비 고객이 무엇을 생각하고 있는지에 관해 판단할 수 있도록 해주는 겁니다. 잘하셨습니다."

코칭을 위한 경청

영업인들에게 코칭이 필요하다는 것을 인식시키는 것도 영업 리더의 중요한 역할이다. 그중에서도 가장 좋은 방법이 경청이다. 잘 들어주는 것만으로도 영업인은 스스로의 존재와 역할을 재인식하게 되고, 영업 리더는 목표를 달성하기 위해 고군분투하는 영업인에게 좋은 코치가 될 수 있다.

활동 계획 논의

새로운 목표를 달성하기 위해 계획된 활동들에 대해 논의한다. 영업 리더는 그와 관련한 질문과 확인을 하고 영업인들은 자신의 이야기를 자유롭게 전달한다. 이런 것들이 모여 목표 달성을 위한 좋은 기회로 작용하는 것이다.

결과에 대한 책임지기

생산적인 주간 회의는 영업인이 지난주 결과에 대한 책임을 지고 금주 목표를 달성하기 위한 목표와 활동들에 선념하는 회의이다. 영업 리더는 이와 관련한 적절한 질문을 던지고, 영업인은 그에 대해 성실하고 진지하게 대답할 수 있어야 한다.

영업인의 역할

주간 회의에서 영업인의 역할은 다음과 같다.

- 지난주에 전념했던 목표 대비 결과 보고
- 결과들에 긍정적으로 또는 부정적으로 영향을 주는 요인에 대한 논의
- 금주를 위한 새로운 목표와 활동들에 전념하는 것

이와 같이 주간 회의는 영업 리더가 지속적으로 정보를 얻고 영업인 중 누가 가장 효율적인 방법으로 영업 활동에 집중하고 있는가를 알 수 있는 중요한 시간이다.

성과와 학습의 월간 회의

월간 회의는 성과 검토와 함께 스킬 습득을 통해 영업인이 목표에 대해 책임을 지게 하기 위한 것이다. 회의를 시작할 때 무엇에 관한

회의인지 그리고 무엇을 얻고 싶은지를 다음과 같이 간략하게 설명한다.

"이번 월간 영업 회의는 세 가지에 대해 집중 논의할 것입니다. 월말 실적, 뛰어난 성과를 낸 분에 대한 수상 그리고 질문 스킬 연습이 있을 것입니다. 고객의 니즈를 파악하기 위한 질문 스킬을 사용하는 데 대한 자신감을 줄 것입니다."

주간 회의가 각 영업인의 책임에 맞추어 개별적으로 길어야 20분에서 30분 동안 진행하는 데 비해, 월간 회의는 팀의 책임에 집중하여 60분에서 90분 정도 하는 것이 적당하다. 대부분 다음의 네 가지 부분으로 구성된다.

- 한 달 동안의 팀의 결과 검토
- 팀의 성과 검토
- 결과, 스킬 그리고 수행된 활동들에 대한 성공을 보상하고 인정
- 스킬 개발 연습

월간 영업 회의에서 영업 리더의 역할은 다음과 같다.

전달의 결과 검토

이것은 그달 동안 그리고 년 초 목표 대비 전체 팀의 결과에 대한 간략한 검토이다. 주간 회의가 전주와 금주의 개인적 목표와 결과에 대해 집중한다면, 월간 영업 회의에서는 지난달에 무엇을 달성했고 그것이 년 초 목표 대비와 어떻게 관련되는지에 집중한다. 이러한 검토는 5분에서 10분 정도 소요된다.

목표 대비 성과 비교

년 초에 예상했던 대로 목표들이 월별로 항상 달성되지 않기 때문에 현재 상태를 원하는 목표와 비교하는 것이 필요하다. 예를 들어 해당 팀이 일 년에 24개의 제품 또는 한 달에 2개의 제품을 팔아야 한다고 가정해보자. 현재는 3월 말이고 당신은 1분기 결과를 검토하고 있는데, 팀은 이미 15개의 제품을 판매했다. 그것은 앞으로 더 팔아야 할 것이 9개가 남아 있다는 것이고, 그러면 당신은 한 달에 2개를 팔려고 했던 년 초 목표를 남은 기간 동안에는 1개씩 판매하는 것으로 변경한다.

이렇듯 목표 대비 성과를 검토하는 것은 현재 위치를 볼 수 있게 해주고, 필요한 대로 조정을 할 수 있게 해준다. 이 검토는 10분 또는 15분 정도 소요된다.

지속적인 동기 부여와 열정적 분위기 조성

월간 영업 회의의 핵심이다. 경청, 질문, 관계 구축, 가치 창출 그리고 영업 리더가 판단하기에 훈련이 필요가 있다고 생각하는 특정 판매 스킬들에 대해 집중한다.

- 영업인들에게 기대하는 행동과 그것의 중요성을 설명한다.
- 그것을 어떻게 하는지를 보여준다.
- 연습해보도록 한다.
- 연습 시 관찰한다.
- 관찰 시 긍정적 피드백을 자주 한다.

이러한 회의를 통해서 모든 스킬이 숙달되는 것은 아니지만, 월 단위로 영업 스킬에 집중함으로써 영업인이 가장 효과적인 판매 스킬을 익히고 사용할 수 있도록 한다. 모든 필요한 스킬들이 공유되고 그것들을 연습해볼 기회를 가지는 것이 중요하다.

연습 내용은 제품의 혜택, 니즈를 나타내는 고객의 단서, 발생할 수 있는 장애물 또는 고민 처리, 경쟁력 있는 가치 제안과 주의 사항 등과 같은 것들이다.

참여적 회의 분위기 조성

월간 영업 회의는 영업 리더가 일방적으로 강의하는 시간이 아니다. 영업 리더가 영업인들에게 초점을 맞추고 참여시키는 것이 중요하다. 따라서 영업인들이 질문하고 해답을 구하는 등 스스로 참여하게 하는 질문들을 계획하는 것이 필요하다. 영업인들은 자신들이 참여하고 존중받는 회의를 좋아한다.

흥미 유발

월간 영업 회의는 '참석해야 하는' 회의가 아니고 '참석하고 싶은' 회의여야 한다. 재미가 있어야 한다는 뜻이다. 영업인들이 긍정적이고, 생산적이며, 활기차게 그들이 배운 스킬과 지식을 서로 나누고 배우는 가운데 흥미를 유발하는 회의가 되도록 해야 한다.

시간 준수

정시에 시작하고 정시에 끝내야 한다. 영업 리더의 이러한 태도가 강한 신뢰감을 준다.

코칭 기회 관찰

회의를 진행하면서 영업 리더는 영업인 코칭을 위한 기회들을 발견하고, 적절히 활용할 수 있어야 한다.

월간 영업 회의에서 영업인의 역할은 다음과 같다.

- 인정받은 영업인들에게 박수를 치는 등 열광적으로 호응하기
- 필요하거나 적절할 때 질문하고 답변하며 적극적으로 참여하기
- 스킬 개발 연습 시간에 적극적으로 임하기

회의 참여도를 높이는 2가지 방법

참여도를 높으면 회의의 효과가 향상된다. 참여도를 높이는 방법은 두 가지가 있다. 질문과 참여 활동이다. 다음과 같이 제약을 두지 않는 질문을 통해 참여도를 향상시킨다.

- 그것에 대한 당신의 반응은 무엇인가?
- 그것에 대한 당신의 생각은 무엇인가?
- 당신이 관리하고 있는 고객과의 관계는 어떠한가?

이와 같은 질문을 통해 모두가 참여할 수 있도록 한다.

회의를 통해 확보해야 할 정보

영업 리더들은 주간 회의와 월간 회의를 통해서 중요한 정보들을 얻는다. 그것은 주로 다음 질문들에 대한 답변들로부터 나온다.

- 매출 성과에 가장 많이 기여하는 요인은 무엇인가?
- 목표를 달성하지 못하게 하는 것은 무엇인가?

- 부족한 부분을 보충하기 위해 어떤 조치를 취하고 있는가?
- 그러한 조치로부터 어떠한 것을 예상하고 있는가?
- 어떤 활동이 효과가 있고 없는가? 이유는?
- 내가 관찰해야 하는 것은 무엇인가? 관찰에 적합한 시기는?
- 어떠한 코칭이 필요한가? 그리고 누가 필요한가? 시기는?
- 어떠한 경쟁적인 문제들에 직면하고 있는가? 그것들을 극복하기 위해 무엇을 계획하고 있는가?
- 영업인들이 가지고 있는 장애물들은 무엇인가?
- 어떤 훈련이 필요한가?
- 팀을 도와주기 위해 나는 무엇을 할 수 있는가?

이러한 질문들의 목적은 목표와 관련해 현재 위치가 어디이고, 그러한 목표들을 달성하기 위해 어떠한 활동이 도움이 되는지 그리고 어떠한 장애물들이 있는지를 이해하는 것이다. 이러한 정보는 관찰과 코칭 시간을 결정하기 위한 토대가 된다. 또한 정기적인 회의는 무엇이 중요한지 그리고 각 영업인이 해야 할 일이 무엇인지 명확하게 커뮤니케이션하는 기회가 된다.

'가고 싶은 회의'를 위한 마무리

회의 마무리는 회의의 주요 사항들을 요약하고 다시 한 번 정리해

보도록 요청한다. 이를 통해 영업인들이 내용을 숙지하고 있는지를 확인할 수 있다. 사람들은 보통 마지막에 들은 것을 기억한다. 영업인 자신이 스스로 요약하도록 하게 하는 것은 그 회의를 마무리하기 위한 효과적인 방법이다.

이상으로 회의 방법을 혁신하는 방안에 대해 살펴보았다. 요점은 영업인들이 '가야 하는 회의'가 아니라 '가고 싶은 회의'가 되도록 하는 것이다. 그것이 성공적인 회의를 위한 모든 것을 말해준다. 이를 위한 몇 가지 중요한 사항들을 다시 정리하면 다음과 같다.

- 참가자들을 항상 참여시켜라. 영업인들이 단지 듣고만 있게 하지 말고 말하게 하고 움직이게 하라. 영업인들이 적극적으로 참여하면 할수록 더 많은 것을 기억할 것이다.
- 자신들이 소중하다고 느끼도록 하라.
- 사후 관리를 분명히 하라.
- 회의를 독단적으로 진행하지 마라. 상호 교류로 발전시켜라.
- 영업인들의 아이디어와 자료를 경청하라. 질문을 하라. 말다툼을 하지 마라. 논제에서 벗어나지 마라.
- 영업인들을 마치 고객인 것처럼 대하라.
- 재미있게 하라. 회의가 재미있을 때 영업인들은 더 많이 배우고 배운 것을 잘 기억한다.

- 회의를 진행하는 방식이 향후 매출 결과에 직접적으로 반영될 것이다.

요점을 다시 말하자면, 회의의 가장 중요한 목표는 영업인들이 긍정적이고 생산적이며 활기차게 그들이 배운 스킬과 지식들을 활용하고 싶어 할 수 있도록 그 회의를 순조롭게 진행하는 것이다.

PART 8

영업 교육의
패러다임을 바꿔라

8장 참고문헌

1. Komaki, J., Barwick, K. D., & Scott, L. R. (1978). A behavioral approach to occupational safety: Pinpointing and reinforcing safe performance in a food manufacturing plant. Journal of Applied Psychology, 63(4), 434–445.

2. Cespedes, Frank V(2014). Aligning Strategy and Sales: The Choices, Systems, and Behaviors That Drive Effective Selling. Boston, MA: Harvard Business Review Press.

3. Cron, William L. and Thomas E. DeCarlo(2010), Sales Management: Concepts and Cases, 10th ed., John Wiley. & Sons, Inc., 217-233.

4. Dwyer, F. Robert, Paul H. Schurr, and Sejo Oh(1987), "Developing Buyer-Seller Relationships." Journal of Marketing 51. no.2: 11-27.

5. Ingram, Thomas N., Raymond W. LaForge, Raman A, Avila, Charles H. Schwepker, Jr., and Michael R. Williams(2009), Sales Management : Analysis and Decision Making, 7th ed., M.E Sharp, 167-186.

6. Kohli, Ajay K., Tasadduq A. Shervani, and Goutam N. Challagalla(1998), "Learning and Performance Orientation of Salespeople: The Role of Supervisors." Journal of Marketing Research 35, no. 2(May). 263-274.

7. Leach, Mark P. and Annie H. Liu(2003), "Investigating interrelationships among sales training evaluation methods," Journal of Personal Selling & Sales Management, 23(Fall)3127-329.

8. Mayer, David, and Hebert M. Greenberg(1964), "What Makes a Good Salesman." Harvard Business Review 42, no.4 : 119-125.

9. McMurry, Robert N(1961), "The Mystique of Super-Salesmanship." Harvard Business Review 42. no.2 : 1134-122.

10. Spiro, Rosann L, Gregory A Rich, and William J. Stanton(2008), Management of a Sales Force, 12th ed., McGtaw-Hill, 193-216.

영업 교육에 대한 기대

2018년 7월 1일부터 부분적으로 시행된 주 52시간 근무제 도입 후 회사에서 지정한 교육시간이 근로 시간에 포함되면서 영업인의 교육에도 변화의 바람이 불고 있다. 특히 많은 기업에서 영업인들에 대한 교육 시간을 줄일 수밖에 없는 상황이다. 설상가상으로 2020년 COVOD-19 확산 이후 생활 속(사회적) 거리 두기로 인해 재택근무, 비대면 교육, 등으로 전환됨과 함께 교육의 패러다임이 바뀌고 있다.

영업인들에 대한 교육은 비즈니스 환경이 급변하고 고객의 기대나 영업 방식이 변하고 있는 지금, 종전의 교육 방법으로는 대처하기 어렵다. 교육 담당자가 고생해서 만들어 놓은 교육 체계를 아무리 실천해도 현장에서는 좀처럼 성과가 나타나지 않는다. 적극적으로 개선하지 않으면 아무리 훌륭한 교육으로 계획을 짜고 진행했다 할지라도 차츰 '어찌 됐든 교육을 실시했다', '어찌 됐든 수강했다'라는 식으로 형식에만 치우쳐 본래의 목적을 잃게 될 것이다.

이렇게 격변하는 영업 환경에서는 고객의 기대에 부응할 수 있는 영업 활동을 실천하기 위해 자사의 영업 전략과 일치된 새로운 교육이 필요하다. '교육을 위한 교육'이 아니라 경쟁 우위를 획득할 수 있는 전략적인 영업 교육이 필요하다.

지금까지 영업 교육에서는 주로 상품 지식 습득 그리고 그 상품 지식을 고객에게 잘 설명하고, 설득할 수 있는 스킬의 습득에 역점을 두었다. 그러나 언택트Untact 환경의 상황에서는 상품이나 가격에 설명형 영업으로는 한계가 있다. 물론 상품 지식은 당연히 영업 활동의 전제조건이 된다. 그러나 영업 환경이 변화됨에 따라 영업인들에게는 더욱 새로운 역할과 행동이 요구되고 있다. 따라서 교육에 기대하는 내용도 〈표 8-1〉과 같이 바뀌어 가고 있다.

〈표 8-1〉 영업 교육에 기대하는 내용의 변화

기대되는 요소	지금까지 했던 내용	새롭게 기대하는 내용
지식	자사 상품 지식	고객 기업이나 경쟁 기업에 관한 지식(수익 상황, 시장 동향, 고객의 고객 등)
스킬	설명할 수 있는 스킬	-청취력, 프레젠테이션, 고객 중심 사고, 창조적 사고 -비대면 환경하에서의 설명력(MMS, 영상 등)
태도	목표 달성 의욕	독립적

영업 교육 담당자는 단순히 영업인 양성이라는 교육에서 벗어나 새롭게 기대하는 내용까지 포함해 지식, 스킬, 태도를 모두 갖춘 영업인을 육성해야 한다. 즉, 비대면 상황에서도 솔루션을 제공하고 '파트너'로서 고객에게 인정받는 영업인을 육성해야 한다는 의미이다.

이런 영업인 육성을 위해서는 종전의 교육 시스템이나 프로세스를 개혁해 '전략적인 영업 교육 체계'를 확립해야 한다. 그러나 교육 체계를 구축하는 데에는 많은 에너지와 시간을 필요로 하기 때문에 완성된 시점에서 만족해 버리거나, 한번 완성된 시스템을 계속 고집하는 교육 담당자가 적지 않다.

그리고 영업 현장에서도 끊임없이 변화하는 니즈를 교육에 활용하려고 하는 의욕이 점점 낮아지고 있다. '같은 고생을 더 이상 하기 싫다'는 마음을 심정적으로 이해할 수 있지만, 현실의 비즈니스 환경은 늘 변하고 있다. 시장 환경도 고객의 기대도 시시각각 변하고 있어서 이러한 변화에 대응하지 못하면 '교육을 위한 교육'에 그쳐 실제로는 교육 효과가 나타나지 않는 것은 자명한 일이다.

영업인을 기업의 자산으로 생각한다면 '교육 훈련'은 영업 조직의 가장 중요한 과제이다. 고객과 확고한 파트너 관계를 구축하는 영업인, 전략에 가장 잘 부응하는 영업인이야말로 치열한 경쟁에서 중요한 역할을 수행한다. 그러므로 경쟁 우위 확립을 위해서 교육 부문과 영업 부문이 협력을 통해 변화하는 환경에 대응하면서 영업 교육 체계를 지속적으로 개선하고 수정해 나가는 것이 중요하다.

교육 부문과
영업 부문의
인식 차이

우선 영업 교육의 실태를 살펴보자. 교육 부문은 나름대로 자사의 전략적인 과제를 인식해 비전이나 방침을 토대로 교육 커리큘럼을 작성한다. 자사가 지향하는 영업인 상을 이미지화하고, 그 이미지를 구현시키기 위해 다양한 교육을 실시한다.

한편 영업 부문에서는 현장의 영업 과제를 안고 있다. 자사의 영업 모델을 인식하건 못하건 간에, 종전의 영업 방식으로는 경쟁에서 이길 수 없다는 점을 강하게 인식하고 있지만 달성해야 할 수치와 목표도 있다. 따라서 당연히 영업인의 능력을 향상시키고 싶은 마음은 강하지만, 현재 상황에서는 교육 부문과 교육 목적을 공유하거나 교육 내용을 검토할 여건이 좀처럼 확보되어 있지 않다. 그래서 교육 부문이 개발한 교육은 현장의 니즈를 반영하지 못하는 경우를 흔히 볼 수 있다.

만약 이런 차이gap가 있는데도 불구하고 이를 보완하지 못하면, '시간만 빼앗기는 교육 따위는 필요 없다'라는 불만이 영업 부문에서 나오고, 교육 부문에서는 교육을 실시해도 생각처럼 효과가 나타나지 않아 고민하게 될 것이다.

관심을 가져야 할 것	지금까지		앞으로	
	영업 부문	교육 부문	영업 부문	교육 부문
고객의 기대, 경쟁사의 변화	○	▲	○	○
전략, 투자의 변화	○	▲	○	○
요구되는 능력과 현상의 차이	▲	▲	○	○
학습 내용	▲	○	○	○
학습 방법, 시간	▲	○	○	○
효과 파악	▲	○	○	○

○관심이 크다 ▲관심이 약하다

〈그림 8-1〉 교육 부문과 영업 부문의 교육에 대한 관심

영업 부문과 교육 부문의 상호 이해

지금까지의 영업 교육은 이런 교육 부문과 영업 부문의 니즈가 일치하지 않는다는 구조적인 문제가 있었다.

〈그림 8-1〉은 두 부문이 교육에 어떤 관심을 갖고 있는지를 나타낸 것이다. 이 그림을 보면, 영업 부문은 고객의 기대나 전략 등 현장의 변화를 감지하는 실천 측면의 관심이 높다는 것을 알 수 있다. 한편 교육 부문은 학습 내용이나 방법과 그 효과 등, 교육 자체에 대한 관심이 높다. 그리고 양쪽 모두 자신이 관심을 보이는 부분은 상대적으로 상대가 낮은 관심을 보이고 있다. 더욱이 양쪽 부문 모두 교육해야 할 능력과 현상의 차이에 대해서는 충분히 인식하지 못하고 있다.

교육 부문은 조직에서의 방침뿐만 아니라 현장의 영업 과제를 정확히 파악하고 이해하여야 한다. 아무리 훌륭한 커리큘럼이라 해도 현장에 맞지 않으면 아무런 효과가 없기 때문이다. 그리고 영업 부문은 교육을 통해 해결해야 할 항목을 정리해 교육 부문에 정확하게 전달해야 한다.

교육 부문은 교육의 전문가 집단으로 인재 육성 방법이나 노하우를 많이 보유하고 있다. 영업 부문의 니즈를 정확히 파악하는 일만 가능하다면, OJT와 연동시켜 훌륭한 교육을 실시할 수 있을 것이다.

조직을 총동원한 교육의 중요성

영업 혁신을 성공으로 이끌기 위해서는 목표를 향한 전사적인 의식 통일과 구심점이 요구된다. 고객과의 상호 이익이 되는 파트너십 구축에 중점을 두고 영업인에게 요구되는 역할과 능력을 분명히 밝

힌 후, 필요한 수준의 교육을 해야 한다.

교육 부문이나 영업 부문도 본래의 교육 목적은 서로 같다. 서로 이해하면서 협력하는 것은 당연한 일이다. 그렇기 때문에 최고 경영자의 강한 의사 표시도 필요하다. 무엇을 교육할 것인가? 왜 교육하는가? 누구에게 어떻게 실시할 것인가? 기대하는 성과는 어떤 것이고, 어떻게 파악할 것인가? 이런 질문에 해당 부문 담당자나 최고 경영자는 명확히 대답할 수 있어야 한다.

교육은 투자이지 단순한 경비 지출이 아니다. 확실한 목적을 갖고 성과를 이루어낼 수 있도록 조직에서 새로운 영업 교육 체계를 확립해야 한다.

CHAPTER 8-3

영업 성과는
행동에서
나온다

지금까지 성격과 영업인의 성공 사이에 어떤 관계가 있는지에 대해 수많은 연구가 이루어졌다. 이러한 연구 결과는 여러 가지 흥미로운 시사점을 전해주고 있다. 많은 기업의 채용 담당자들이 이러한 연구 결과를 참고하여 영업인들을 채용하고 있는 실정이지만, 연구 결과의 실질적인 효용성은 매우 제한적이라는 게 필자의 판단이다.

영업인들이 영업 성과를 개선하고 싶다면 서로 다른 고객에게 맞추어 자신의 영업 방식을 계속해서 바꿔나갈 수 있어야 한다. 성격이란 좀처럼 바뀌지 않는 것이기 때문에 만약 성격이 영업 성과를 결정하는 것이 라면, 영업인의 성공 여부는 처음부터 결정되어 있는 것과 마찬가지다. 하지만 영업 성과는 영업인들의 행동에 의해 결정되는 것이며, 성격과는 달리 행동은 우리가 쉽게 바꿀 수 있는 것이다.

영업인들을 대상으로 하는 교육 훈련 전문가들은 자신들의 목적이

프로그램 참가자들로 하여금 '그전과는 다른 행동을 취하도록 하게 하는 것'이라고 말한다. 하지만 이렇게 말을 하면서도 교육 훈련 프로그램 자체는 성격 검사 결과를 기반으로 구성된다. 성격이란 '누가 어떤 사람이냐'를 표현하는 것으로 이는 오랜 시간에 걸쳐 많은 노력을 기울이더라도 좀처럼 바뀌지 않는다.

만약에 당신이 MBTI 성격 검사를 통해 ISTJ(내향·감각·사고·판단) 유형의 성격을 지니고 있는 것으로 판명되었는데, 당신의 현재 직업은 ENEP(외향·직관·감정·인식) 유형의 성격을 필요로 한다고 가정해보자. 이런 경우에는 성공하기 위해 직업을 바꿔야만 하는 것일까? 현재의 직업에 적합한 성격이면 그 직업을 통해 쉽게 성공을 이루어 내고, 현재의 직업에 적합한 성격이 아니면 성공은 거의 불가능한 것이 되는가?

어떤 사람의 성격을 이해하는 것은 분명 그 사람을 대하는데 도움이 되는 일이다. 하지만 상대방이 자신의 성격 검사 결과를 가슴에 써 붙이고 다니지 않는 이상 상대방이 어떤 사람인지 정확하게 알 수는 없다. 결국 '상대방이 누구인가?', '어떤 사람인가?' 하는 문제는 우리에게 사실상 아무런 의미를 갖지 못한다. 반면에 상대방이 어떤 행동을 행하고 있는지는 관찰을 통해 분명하게 알 수 있다. 우리가 사람의 성격이 아닌 행동에 초점을 맞추어야 하는 이유가 바로 여기에 있다.

영업인들은 고객이 무엇을 원하고 있고, 어떤 동기에 의해 구매 결정을 내리게 되는지를 간파할 수 있어야 한다. 그리고 자신의 행동을 개별 고객의 상황에 맞추어 변화시킬 수 있어야 한다. 이 과정을 얼마나 빠르게 할 수 있느냐에 의해 영업 성과가 결정된다. 영업인들을 대상으로 하는 교육 훈련 프로그램의 목적이 더 높은 영업 성과를 이끌어내도록 도와주는 것이라면, 고객의 욕구를 파악하고 그러한 욕구에 맞추어 행동하는 법을 가르쳐주는 데 프로그램의 초점이 맞추어져야 한다. 성격 검사에 프로그램의 초점이 맞추어져서는 안 된다.

영업 환경도 계속해서 바뀌고, 고객도 계속해서 바뀌고, 개별 고객의 욕구나 기대도 계속해서 바뀌게 마련이다. 따라서 영업인들을 대상으로 하는 교육 훈련 프로그램은 프로그램 참가자들에게 이러한 변화 속에서 어떻게 각자의 행동을 변화시켜 나가야 하는지를 제시해줄 수 있어야 한다. 사람마다 특정한 행동 양식이 있기는 하지만 그러한 행동 양식은 잠시 접어둔 채, 영업 상황에 따라 자신의 행동을 빠르게 변화시키는 사람들이 높은 성과를 이루어낸다.

행동과 가치관

우리가 어떤 식으로 행동하느냐에 따라 상대방의 행동이 달라진다. 그리고 이는 영업인과 고객 사이의 관계에 있어서도 마찬가지다. 다양하게 전개되는 영업 상황과 계속해서 바뀌는 고객에 맞추어 자신의 행동을 변화시킬 줄 아는 사람들은 높은 성과를 내게 마련이다.

고객은 자신의 가치관과 신념을 잘 이해하는 듯한 행동을 보이는 영업인에게 우호적인 마음을 갖게 되어 있다. 고객으로 하여금 '저 사람은 딱 나와 같다'는 생각을 갖게 만들면 영업이 성공할 가능성은 크게 높아지는데, 고객의 가치관과 신념은 고객의 행동에서 드러나게 되어 있다.

영업인들에 대한 많은 조언들이 고객의 변화를 이끌어내라는 식으로 말하고 있다. 하지만 성공적인 영업을 위한 더 효과적인 방법은 고객에게 맞추어 자신의 행동을 변화시키는 것이다. 관념적으로 보더라도 뭔가를 파는 사람이, 뭔가를 사는 사람에게 맞추어주는 것이 더 옳다. 실제로도 고객의 변화를 이끌어내는 것보다는 자신의 행동을 변화시키는 편이 훨씬 더 쉽다.

어떤 고객이 사람들의 주목을 받고 싶어 하고, 개인에게 특화된 서비스의 높은 수준의 품질을 중요하게 생각한다고 가정해보자. 이와 같은 고객에게 뭔가를 판매하려 하면서 제품이 갖는 가격 대비 높은 가치를 강조해봐야 판매는 성공으로 이어지지 않을 것이다. 이 고객에게 뭔가를 판매하려면 다음과 같은 행동을 보임으로써 성공 가능성을 크게 높일 수 있다.

- 고객 앞에서 실수를 범하지 않고 체계적이고 안정적인 모습을 보여준다.
- 세세한 부분에 대해 주의 깊게 관심을 보인다.
- 성실한 자세를 보인다.

- 고객이 하는 말을 기록하고, 고객이 요구했던 바를 기억하여 들어준다.

사람들의 주목을 받고 싶어 하고, 개인에게 특화된 서비스와 높은 수준의 품질을 중요하게 생각하는 고객은, 영업인이 이와 같은 행동을 보인다면 영업인이 자신의 가치관과 신념을 잘 이해하고 있다고 생각하게 될 것이고, 거래를 하고자 하는 마음을 갖게 될 것이다.

이번에는 애프터서비스는 무료로 해주는 게 당연하고, 상품을 판매한 측에서 상품과 관련이 없는 문제를 해결하는 데에도 도움을 주어야 한다고 생각하는 기업 고객을 상대로 영업을 하는 경우를 생각해보자. 이 고객을 상대로 뭔가를 팔고자 한다면 다음과 같은 행동을 보여야 할 것이다.

- 고객사의 사업 내용에 관한 정보를 입수한 뒤, 그를 전반적으로 이해하고 있음을 보인다.
- 고객사가 겪고 있는 여러 가지 문제에 대한 정보를 입수한 뒤, 그를 해결하는데 결정적으로 도움이 되는 방법을 찾아 제안한다.
- 기존에 판매한 상품에 대한 고객의 의견을 경청하고 필요한 경우 애프터서비스를 제공한다.
- 고객사의 업무 프로세스를 파악하고 있음을 보여준다.

예를 들어 대형 편의점 체인의 구매 담당자를 상대로 영업을 하는 경우, 그는 대학에서 수학이나 회계와 관련된 공부를 했을 것이고, 자신이 일하고 있는 조직에서도 가장 똑똑한 사람 중에 하나일 것이다. 그가 구매 결정을 하는데 있어 가장 중요하게 생각하는 것은 아마도 제품 회전을 가장 중요하게 생각할 것이다. 편의점이라면 언제나 판매 공간 부족으로 고심하고 있기 때문이다. 이 점을 고려했을 때 숫자에 밝고 똑똑한 구매 담당자가 우호적인 마음을 갖게 하려면 단순히 "우리 제품의 품질이 가장 좋습니다"라고 주장하는 식으로는 별 효과가 없을 것이다.

삼각 김밥이든, 컵라면이든, 도시락이 되었든, 구매 담당자에게 예상되는 제품 회전율을 구체적인 수치를 통해 제시할 수 있어야 한다. 최근의 TV 광고로 인해 매출이 몇 % 증가하고 있고, 앞으로 추진하려는 판촉 활동으로 인해 몇 %의 매출 증가가 예상된다는 식으로 말이다.

자사 제품의 재고를 충분하게 유지하는 경우 편의점 체인이 취하게 될 이익 규모를 구매 담당자에게 구체적으로 제시하는 것도 좋은 방법이다. 구매 담당자를 말로 요란하게 설득하는 방식보다는 판매하고자 하는 제품의 최근 판매 동향을 분석하고, 그를 도표로 작성하여 제시하는 방식이 영업을 성공으로 이끌 가능성이 훨씬 더 크다.

행동 분석

고객의 가치관과 기대를 분석하고, 동시에 영업인의 행동을 분석함으로써 특정 고객에게 적합한 행동과 적합하지 않은 행동을 구분할 수 있다. 분석을 해보면 고객의 가치관이나 기대와는 크게 다른 부적합한 영업 행동을 하는 사람들을 종종 발견하게 되는데, 이 경우 영업의 성공 가능성은 크게 낮아진다.

예를 들어 고객은 인간적인 교류를 중요하게 생각하고, 영업인과 업무만이 아니라 개인적인 일에 대해서도 대화를 나누고 싶어 하고, 자신의 문제에 대한 해결책이나 앞으로의 새로운 기회를 찾는 일을 영업인이 도와주기를 기대한다. 그런데 이런 상황에서 영업인이 고객에게 최신 제품에 대한 정보를 사무적으로 전달하기만 한다면 고객은 영업인에 대해 우호적인 마음을 갖기가 어려울 것이다.

영업 행동은 철저하게 고객의 가치관이나 기대에 맞추어야 한다. 어떤 고객은 영업이 제품 정보와 판매 보증 조건에 대해 자세히 말해주기를 바라며, 이와 관련된 대화라면 상당히 긴 시간을 보내도 좋다고 생각하는 반면에, 영업인과 인간적인 친분을 형성하기위한 대화에는 조금의 시간도 허용하고 싶어 하지 않을 수도 있다. "제품에 대해서만 말씀하세요. 다른 이야기는 별로 관심 없습니다"라는 식으로 말이다.

하지만 많은 영업인들은 이러한 고객의 기대에 자신의 행동을 맞추는 게 아니라 교육 훈련 과정에서 배운 대로만 영업 행동을 하려고 한다. '제품의 장점을 추려 간략하게 설명하되, 이것이 별 효과가 없다면 고객과 인간적인 친분을 쌓아라'와 같은 내용으로 교육 훈련을 받고 언제나 이러한 방식으로 행동하려고만 한다면 지금 예로 든 고객에게는 제품 팔기가 어려울 것이다.

고객의 행동을 분석하고, 그로부터 고객의 가치관이나 신념을 알아내는 능력은 영업인들에게 있어서는 커다란 경쟁 우위로 작용한다. 고객의 가치관이나 신념에 적합하도록 영업 행동에 변화를 줌으로써 고객의 호감을 사고, 이를 통해 영업의 성공 가능성을 크게 높일 수 있기 때문이다.

고객에게 성격 검사를 해달라고 요청할 수는 없어도 고객의 행동을 관찰하고, 그로부터 고객의 가치관이나 신념을 알아내는 것은 얼마든지 가능한 일이다. 영업인의 역량 향상을 위한 교육 훈련은 이러한 행동을 습득할 수 있는 프로그램으로 설계되어야 한다.

행동 VS 행동이 아닌 것

행동의 가치는 그 조직의 산출물과 행동의 관계에 의해서 결정된다. 성과를 소중히 여기는 곳에서는 그 성과 달성에 기여하는 행동을 가치 있는 것으로 여길 것이다. 반면 하찮은 행동이나 성과 달성에 반하는 행동은 대게 시간 낭비로 여겨진다.

연구원이 작업장에서 책을 읽고 있으면 가치 있는 행동이 될 수도 있고 그렇지 않을 수도 있다. 그가 신제품 아이디어를 얻기 위해서 전문 서적을 읽는다면 가치를 산출하는 행동을 하는 것이다. 그러나 소설을 읽는다면 가치를 산출하기 위한 행동이 아닐 것이다.

미소 짓는 단순한 행동도 마찬가지이다. 사무실에서 직원들을 좀 더 자주 웃게 하는 작업은 약간의 가치를 가질 수 있지만 같은 미소 짓는 행동도 고객 응대와 같은 상황에서는 상당한 가치를 가질 수 있다. Komaki, Blood 및 Holder(1979)는 패스트푸드점에서 이를 증명

했다.

일반적으로 단순한 행동들은 가치 있는 것으로 여겨지지 않지만 그렇지 않은 경우도 있다. 소비자에게 어떤 상품을 사도록 제안하는 것은 영업 상황에서 매우 중요하다. "음료도 같이 드릴까요?"라고 고객에게 물어보는 단순한 행동은 수익성에 기여를 할 수 있다. 그러나 그것이 하기 쉬운 행동이라 해서 누구나 쉽게 할 수 있는 것은 아니다.

다음은 행동이 아닌 것들이다. 다음에 제시된 내용의 의미를 잘 파악하면 관리자들이 원하는 영업인들의 행동을 만들어 나가는 데 도움이 될 것이다.

통칭은 행동이 아니다.

불행히도 많은 사람들이 '행동'에 대해 언급할 때 그 정의가 정확하지 않은 경우가 많다. 예를 들면 수행 평가에서 영업 리더들로 하여금 영업인들의 '행동'에 대한 평가를 하도록 요구하고 있으나 사실은 행동이 아닌 것들에 대한 평가를 하도록 하는 경우가 많다.

'전문성', '창의성', '팀워크', '열정', '커뮤니케이션의 질' 등과 같은 용어는 일종의 '통칭'으로 하나의 단어에 여러 가지 행동을 포함하고 있다. 이러한 통칭으로는 구체적으로 어떠한 행동을 말하는 것이지 파악하기 어렵다. 이러한 용어 외에도 '판매', '모니터링', '검토', '위임', '감독', '관리', '주인 의식', '적극성' 등의 용어도 통칭에 해당되며 어떤 구체적 행동을 유발하는지 파악하기가 어렵다.

만약 영업인들에게 무엇인가를 지시할 때 이와 같이 부정확한 용어를 사용하게 되면 영업인들에 따라서는 여러 가지 다른 의미로 해석할 수 있다.

많은 영업 리더들이 자신의 지시가 명료한 것이라고 생각을 한다. 하지만 영업인들 입장에서는 구체적으로 어떠한 행동을 하라는 건지 파악하기 어려울 때가 있다. 예를 들면 "어떻게 하든지 상관하지 않을 테니 목표만 달성해"와 같은 지시는 일을 끝내기 위해 구체적으로 어떤 행동을 해야 하는지 영업인들은 알고 있다고 하는 지시인데 이것은 올바른 지시라 할 수 없다.

심지어 "목표 달성을 어떻게 해야 하는지 내가 말해 주어야 할 것 같으면 내가 영업인들에게 월급을 줄 이유가 없지"와 같은 말을 하는 영업 리더들도 있다. 실패한 조직에 관한 문헌들을 살펴보면 이러한 종류의 지시가 만연해 있는 것을 알 수 있다.

태도는 행동이 아니다.

조직의 리더들은 '안전 의식', '품질 의식', '비용 절감 의식' 등 의식에 관심이 많다. 이러한 표현들은 대체로 태도attitude를 의미한다. 그런데 문제는 이것들이 사람들의 마음mind에서 오는 것으로 생각되기 때문에 실용적으로 무엇인가를 하기 힘들다. 이러한 표현들은 구체적인 행동에 대한 표현이 아니라 수많은 행동 및 과업들을 뭉뚱그려 표현한 것이다. 그런데 이러한 표현을 사용하는 사람들은 사람마다 그 의미하는 바가 다르다.

예를 들면 '안전 의식'은 머리 위에 파이프가 있는 곳을 지날 때는 머리를 낮추는 것, 기계에서 나오는 유출물을 깨끗이 닦는 것, 보안경을 착용하는 것, 다른 작업자에게 위험에 대해 경고하는 것 등 수많은 다양한 행동을 포함할 수 있다.

'품질 의식'에는 원자재의 품질 검사, 기계 작동 검사, 조립 라인의 점검 등 다양한 행동을 포함할 수 있다. 마찬가지로 '비용 절감 의식' 이라고 한다면 장비 사용 후의 전원 차단, 장비 유지, 관리, 업무 개시 전 기계 상태 점검 등 많은 행동을 포함한다.

어떤 '의식'에 대해 말한다는 것은 이와 같은 수많은 행동을 포함하기 때문에 사람마다 그 의미가 달라질 수 있다. 따라서 의식, 태도 등과 같은 표현은 구체적인 측정이 불가능하며 수행에 대한 구체적인 기준을 제시하지 못한다.

상태는 행동이 아니다.

'상태'와 '행동'을 구분하는 것 역시 중요하다. 상태란 행동의 결과로서 존재하는 고정된 상황이다. 보호 안경을 쓰고 있는 것은 상태이다. 반면 보호 안경을 착용하는 동작은 행동이다. 의자에 앉아 있는 것은 상태이고 앉고 일어서는 동작은 행동이다. 상태에는 동작이 요구되지 않는다. 대게 어떤 상태가 되기 위해서는 동작이 필요하지만 그 상태가 되고 나면 더이상 동작은 필요하지 않다. 일단 잠이 들고 나면 수면을 계속 유지하기 위한 어떤 동작이 요구되지 않는다. 의자에 앉으면 계속 앉아있기 위해 더 이상 요구되는 동작은 없다. 문제는 특정 상태를 만들어 주는 행동이 리더가 원하는 종류의 바람직한 행동이 아닐 수 있다는 사실이다.

가치는 행동이 아니다.

기업에서 '미션mission', '비전vision', '가치value' 등은 기업으로 하여금 존재 이유를 명확히 하고 앞으로 나아갈 방향을 설정할 뿐만 아니라, 기업이 추구하는 성공적인 결과를 이루게 하는 데 대한 메시지이다. 그러나 미션, 비전, 가치관을 명확히 정하는 것만으로는 대부분의 조직에서 필요로 하는 행동에 영향을 미치지 못한다.

이것은 많은 조직이 미션, 비전, 가치관에 대해 명확히 하였음에도 불구하고 윤리적, 경제적 측면에서 문제를 일으킨 적이 있었다는 사실로 쉽게 알 수 있다. 다시 말하면 기업의 미션, 비전, 가치에 대해서는 아무리 강조해도 충분하지 않다. 최고 경영자들이 미션, 비전, 가치를 구체적인 행동으로 관리하지 않는 한, 부정적 결과는 여전히 나타날 수밖에 없다.

'정직'이라는 가치는 행동이 아니다. 그것은 여러 가지 행동의 집합이라고 할 수 있으며 보는 사람의 입장에 따라 다르게 해석될 수 있다. 예를 들면 당신은 자신이 정직하다고 생각할지 모르지만 다른 사람들은 당신을 정직하지 않다고 생각할 수도 있다. 이것은 다른 사람들이 당신이 하는 행동 중 어떠한 행동을 보느냐에 따라 달라질 것이다. 다시 말하면 정직성과 관련된 다양한 행동 중 어떠한 행동에 초점을 맞추느냐에 따라 정직할 수도 있고 아닐 수도 있다는 것이다.

'팀워크'라는 개념 또한 조직에서 중요하게 여기는 가치관 중에 하나이다. 그러나 이 또한 하나의 행동이라기보다는 다양한 행동이 모여 있는 행동의 집합이다. 조직에서 흔히 말하는 "우리는 팀워크가 약해"라는 말은 사실상 많은 의미를 내포하고 있다. 팀워크라는 개념이 측정 가능하고 관찰 가능하도록 구체적인 행동으로 세분화되지 않는다면 그것을 끌어올리기 위해 무엇인가를 하려는 노력은 수포로 돌아갈 수밖에 없다.

따라서 말로만 표현된 기업의 가치는 조직 내에서 자리 잡기 어렵다. 만약 당신이 영업 조직에 성과를 가져다주는 데 필요한 행동에 대해 파악할 수 있다면 그렇지 않은 영업 리더에 비해 상당히 유리한 위치에 와 있다고 할 수 있다.

체계적인
교육 계획

그렇다면, 체계적인 교육 체계는 어떻게 구축할 것인가? 다음과 같이 6단계로 나누어 설명할 수 있다.

- 1단계 : 영업 교육은 영업 전략과 연결시킨다.
- 2단계 : 전략을 구현할 영업인 상을 명확히 제시한다.
- 3단계 : 교육 니즈를 명확히 파악하여 체계를 구축한다.
- 4단계 : 한정된 리소스로 효과적이고 효율적인 커리큘럼을 개발한다.
- 5단계 : 교육 후 follow-up과 코칭을 한다.
- 6단계 : 교육 효과를 측정한다.

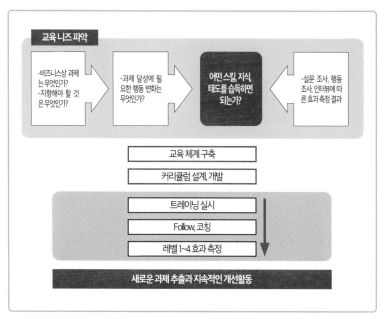

교육 니즈 파악

-비즈니스상 과제는 무엇인가?
-지향해야 할 것은 무엇인가?

-과제 달성에 필요한 행동 변화는 무엇인가?

어떤 스킬, 지식, 태도를 습득하면 되는가?

-설문 조사, 행동 조사 인터뷰에 따른 효과 측정 결과

교육 체계 구축

커리큘럼 설계, 개발

트레이닝 실시

Follow, 코칭

레벨 1~4 효과 측정

새로운 과제 추출과 지속적인 개선활동

〈그림 8-2〉 상호 이익이 되는 파트너십 확립을 위한 전략적 인재 육성의 흐름

1단계 : 영업 교육은 전략과 연결시킨다.

〈그림 8-2〉는 영업 부문에서 전략적 인재 육성을 재구축할 때의 전체상을 제시한 것이다. 프로세스의 첫 번째는 전략과 연동시킨 교육 체계를 지향하는 것이다. 혁신을 리드할 수 있는 영업 부문의 인재를 육성하기 위해서는 이 단계에서 자사의 비전이나 경영 전략, 영업 전략을 바탕으로 한 교육 방침을 설정하고 교육 체계의 방향을 결정해야 한다.

'비즈니스 상의 과제는 무엇인가?', '지향해야 할 것은 무엇인가?'를 명확히 제시하고, '어떤 영업인 상을 제시할 것인가?' 하는 기준을 설정한다.

2단계 : 전략을 구현할 영업인 상을 명확히 한다.

전략을 바탕으로 방향을 결정지었다면 목표로 하는 활동을 실천할 영업인의 이미지를 명확히 제시해야 한다. '과제 달성에 필요한 행동 변화', '습득해야 할 스킬, 지식, 태도' 등 전략을 구현하기 위해 요구되는 영업인의 능력을 그려내야 한다.

이때 각 능력에 맞는 레벨을 설정해 두면 교육 포인트를 명확히 할 수 있고 효과를 높일 수 있다.

3단계 : 교육 니즈를 명확히 파악해 체계를 구축한다.

2단계까지 진행되었다면 명확히 제시된 영업인 상과 현실의 인재 능력을 대조해 보고, 그 차이를 통하여 교육 니즈를 찾아낸다. 그리고 전략을 수행한 후, 영업인의 강점·약점을 분석하여 개선을 위한 교육 체계를 구축한다.

이를 위해서는 우선 영업인의 능력 제고가 필요하다. 객관적인 평가를 하기 위해서는 외부 전문 기업에 위탁하는 것도 하나의 방법이다.

다시 강조하지만 이것은 어디까지나 전략과 일치해야 한다. 어떤 계층의 약점만 개선하려고 하는 '중견 영업인의 컨설팅 능력을 높이는 교육' 등과 같은 단일 콘셉트로는 곤란하다.

고객에게 정확한 해결책을 제공해 주기 위해 '신입·중견 영업인의 컨설팅 능력 강화', '영업 관리자 리더십 교육', '신뢰 관계를 확립할 커뮤니케이션 능력 강화'를 연동시키는 등 장기적인 관점에서 영업 전략과 한 방향으로 체계화시키는 것이 중요하다.

4단계 : 한정된 리소스로 효과적·효율적인 커리큘럼을 개발한다.

교육에는 끝이 없다. 향상시키겠다는 마음만 있으면 기획은 얼마든지 할 수 있다. 그러나 교육에 대한 리소스가 무한하지는 않다. 따라서 시간과 비용을 고려하여 검토하는 것이 중요하다.

성과 영업을 실현할 교육 커리큘럼 개발에 있어서도 가장 효과적인 방법은 무엇인가를 선택해야 한다. 예를 들어 영업인의 역량 모델 개발에 앞서 리더의 리더십 역량을 높여야 한다면, 영업 리더 자신이 전략을 입안하도록 하는 실습 중심의 교육을 검토하는 등의 방식이다.

당연히 그 내용은 영업 전략과 결부시켜 환경의 변화나 고객의 기대, 역할 변화 등을 수용한 것이어야 한다.

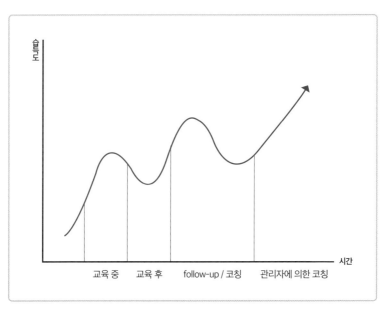

〈그림 8-3〉 집합 교육과 현장 교육과의 연동

5단계 : 교육 후 follow-up과 코칭을 한다.

교육에서 최대의 과제는 '교육을 어떻게 현장과 연동시킬 것인가?' 하는 점이다. 〈그림 8-3〉은 교육 수강자의 습득 곡선을 나타낸 것이다. 이 커브를 보면 교육 중에는 수강자의 습득도가 높아져 급상승하지만 교육 후에는 떨어진다는 것을 알 수 있다. 습득 곡선이 떨어지지 않고 조금이라도 교육 효과를 높이는 포인트는 지속적인 학습, 리더에 의한 코칭, 자기 계발이다. 이런 follow-up이 있어야 비로소 수강자의 행동이 변할 수 있다.

따라서 배운 내용을 복습하고 응용력을 키우기 위한 follow-up과 코칭은 반드시 필요하다. 하지만 수강자 자신이 학습을 지속하는 데에는 한계가 있다. 따라서 교육을 잘 활용하기 위해서는 영업 리더가 교육 내용을 명확히 파악하고, 그 성과를 확인하여 영업인이 더욱 향상될 수 있도록 지원해야 한다. 그리고 영업 리더의 관심을 유도하면서 교육 내용을 현장에서 잘 활용하게 할 시스템을 구축하고, 강의실과 현장을 연동시킨 교육 체계가 중요하다.

6단계 : 교육 효과를 측정한다.

교육에는 비용이 든다. 따라서 그 성과를 명확히 제시하여야 한다.

영업에서는 수강자 자신의 능력 외에도 실적에 영향을 주는 다양한 요소가 있기 때문에 교육 효과 측정이 그리 간단하지 않다. 그리고 고객의 기대에 부응하는 영업은 프로세스를 중시하고 파트너십 확립을 지향하고 있다는 점에서 특히 효과가 잘 나타나지 않는다.

그렇다고 해서 한정된 리소스로 실시한 교육이 '현장 니즈에 일치했는가?', '방법은 적절했는가?', '어디에 문제는 없었는가?' 등 교육에 대한 냉정한 평가를 안 할 수는 없다. 효과 측정은 교육 시스템 개선, 투자 대 효과에 관한 보고를 하기 위해서라도 아주 중요한 일이다. 따라서 ROI(투자이익률)의 극대화를 지향하고, 효과 측정을 통해 항상 최적의 교육 시스템을 정비해 두어야 한다.

일반적으로 코칭 효과 측정 방법은 다음과 같은 것이 있다.

- 레벨 1 : 【임팩트 효과】수강자 앙케트 등
- 레벨 2 : 【이해도】수강자 테스트, role-playing
- 레벨 3 : 【행동 개선도】교육 후 일정 기간이 지난 후에 행동 조사, 매니저 인터뷰
- 레벨 4 : 【실적 공헌도】매출 측정, CS 조사 등

위의 방법은 효과 측정이 어렵기 때문에 실제로는 수강자에게 교육의 임팩트를 묻는 '레벨 1'의 설문 조사 정도에 머무르는 경우가 많다. 그러나 새로운 과제를 추출해서 지속적인 개선활동을 해 나가기 위해서는 반드시 '레벨 4'까지 실시해야 한다. 그래야 비로소 전략적인 인재 육성은 완결된다고 할 수 있다.

PART 9

유능한
영업 리더의 특성

9장 참고문헌

1. Anderson, Erin, and Richard L. Oliver(1987), "Perspective on Behavior-Based versus Outcome-Based Control System." Journal of Marketing 51, no.4 :76-88.

2. Brent Adamson, Matthew Dixon, and Nicholas Toman(2012), " The End of Solution Sales," Harvard business review 90(7-8):60-68

3. Ingram, Thomas N., Raymond W. LaForge, William B. Locander, Scott B. MacKenzie, and Philip M. Podsakoff(2005), "New directions in sales leadership research," Journal of Personal Selling & Sales Management, 25(2), 137-154.

4. Kennedy, Mary Susan, Linda K. Ferrell, and Debbie Thorne LeClair(2001), Consumers'trust of salesperson and manufacturer: An empirical study," Journal of Business Research, 51(1), 73-86.

5. Matthew Dixon and Brent Adamson(2011), "The Dirty Secret of Effective Sales Coaching," Harvard Business Review. January 31, 2011

6. Porter, Stephen S., Joshua L. Wiener, and Gary L. Frankwick(2003), "The Moderating Effect of Selling Situation of the Adaptive Selling Strategy-Selling Effectiveness Relationship," Journal of Business Research, 56(4), 275-281.

7. Rizzo, John R.,Robert J. Hous, and Sidney I. Lirtzman(1970). "Role Conflict and Ambiguity in Complex Organization." Administration Science Quarterly 15. 159-163.

8. Robinson Jr., Leroy, Greg W. Marshall, William C. Moncrief, and Felicia G. Lassk(2002), "Toward a shortened measure of adaptive selling," Journal of Personal Selling and Sales Management, 22(2), 111−119.

9. Schwepker Jr., Charles H., and David J. Good(2010), "Transformational leadership and its impact on sales force moral judgment," Journal of Personal Selling & Sales Management, 30(4), 299-317.

10. Shoemaker, Mary E.(1999), "Leadership practices in sales managers associated with the self-efficacy, role clarity, and job satisfaction of individual industrial Salespeople," Journal of Personal Selling & Sales Management, 19(4), 1-19.

최고
영업 리더들의
공통점

SEC Sales Executive Council가 기업들을 상대로 영업 리더들의 능력을 조사했을 때, 놀랍게도 63%의 기업들이 자기 조직의 영업 리더들이 미래에 변화하는 영업 모델에 맞추어 성공적으로 업무를 수행할 수 있는 기술과 자질을 갖추고 있지 않다고 답변했다. 그리고 영업 리더들 중 9%는 현재의 역할을 성공적으로 수행할 수 있는 능력을 갖추고 있지 않다고 평가했다. 조사 대상 기업의 4분의 3이 새로운 환경에서 적합한 영업 리더들을 보유하고 있지 않다고 진단한 것이다.

이것은 대단히 심각한 결과이다. CEO들은 영업 리더의 역할이 매우 중요하다는 사실에는 동의했지만, 영업 리더들의 능력에 대해서 확신을 가지는 경우는 매우 드물었고, 대부분 이 문제를 어떻게 극복해야 하는지도 모르고 있었다.

메슈 딕슨Matthew Dixon과 브렌트 애덤슨Brent Adamson은 세계적

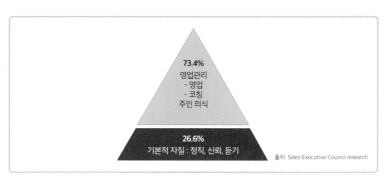

73.4%
영업관리
- 영업
- 코칭
주인 의식

26.6%
기본적 자질 : 정직, 신뢰, 듣기

출처: Sales Executive Council research

〈그림 9-1〉 영업 관리자들의 기본자질 항목

수준의 영업 리더들의 주요한 특징을 밝히기 위해 65개 이상의 기업에서 12,000명의 영업 사원을 대상으로 조사를 시행했으며, 이를 통해 2,500명 이상의 현장 영업 관리자에 대한 자료를 수집했다(〈그림 9-1〉 참조).

이 조사에서는 먼저 영업 관리자로서 갖추어야 할 기본 소양에 관한 항목으로 정직, 신뢰, 인정, 팀원에 대한 인정, 팀 관리 능력 등에 대해서 질문했다. 이들이 이러한 요소들을 질문에 포함한 이유는 영업 리더들의 성과를 결정짓는 데 영업인들이 생각하는 특성이 다른 특성들과 어떻게 비교되는지 알아보기 위해서였다.

두 번째로는 실제 영업 능력과 관련된 특성들을 조사했다. 영업 리더들이 영업인들을 대신해서 영업 활동을 하는 것은 바람직하지 않지만, 영업인들이 더 좋은 성과를 낼 수 있도록 도움을 주기 위해서는 어떻게 영업을 해야 하는지를 알아야 했다. 따라서 이와 관련해 협상 능력이나 영업 스킬 등 영업 리더들의 영업 능력에 관해 질문했다.

세 번째는 영업 관리자의 코칭 기술에 관한 질문으로, '영업 리더들이 코칭을 하기 위해 준비하고, 영업인들의 업무 능력 향상에 도움을 주었는가?'에 대한 것과 고객사 공략 계획, 영업 담당 지역 관리, 제안의 참신성 등 영업과 직접적으로 관련된 리더십에 대해 질문했다.

이들이 이번 조사를 통해 과학적인 분석 방법으로 발견한 것을 살펴보면 다음과 같다. 우선 영업 리더의 기본적 소양과 영업 능력에 대해서 살펴보자.

여기서 영업 리더의 기본 자질이란 신뢰감, 정직, 경청 등을 의미하며, 그들의 성공을 결정짓는 데 약 4분의 1정도의 영향을 미치는 것으로 나타났다. 기본 자질은 영업 리더가 어떤 역할을 하든 상관없이 어떤 관리직에서든 성공적인 역할을 수행하기 위해 필요한 것이기도 하다.

흥미로운 사실은 이러한 자질의 정도에 대한 평가는 특정 선상에 다양하게 분포되지 않고 긍정 아니면 부정이라는 극단적인 형태로 분포되어 있었다는 사실이다. 즉, 누군가를 '신뢰할 수 있거나 없거나', '정직하거나 그렇지 않거나'의 경향을 보인다는 것이다. 이 점이 시사하는 바는 이러한 요소들이 영업 관리자를 고용할 때 중요하게 고려해야 할 선천적인 특성이지, 고용하고 나서 장기적으로 개발할 수 있는 특성이 아니라는 것이다. 다시 말하면, 유능한 영업인이 반드시 유능한 영업 리더가 되는 것은 아니라는 것이다.

유능한 영업 리더가 되는 데는 뛰어난 영업 실적만 가지고는 충분치 않으며, 관리 업무에서도 우수한 성과를 보여야 한다. 그런데 많은 기업들이 여전히 영업 성과를 바탕으로 현장 영업 관리자를 고용한다. 이러한 방식은 곧 고용 실패의 가장 큰 원인이 된다.

영업 리더에 대한 이들의 분석에서 4%에 달하는 일부 리더들은 기본 자질 중에서 적어도 한 측면에서 매우 나쁜 성과를 보였다. 그래서 '영업 리더십' 진단을 수행한 SEC 회원사에 이들이 가장 먼저 제안한 것 중 하나는 이 범주에 속하는 영업 리더들에게 새로운 자리를 찾아 주라는 것이다. 이들은 유능한 영업 리더가 갖추어야 할 자질들을 말하기 전에 이미 영업 리더로 갖추어야 할 기본 자질들마저 충족시키지 못했기 때문이다.

회원사들은 이들의 연구 자료를 통해 우수한 영업 성과가 유능한 영업 리더가 되는 것을 보장해 주지 않는다는 사실을 알게 되었고 새로운 대안을 찾을 수 있었다. 유능한 영업 리더의 프로파일을 명확하게 이해한다면 기업은 영업 리더들의 관리 방식을 개선하여 영업인들을 효과적으로 지원 가능한 사람들을 선발할 수 있을 것이다.

몇몇 자질 특히 정직, 신뢰감과 같은 기본 자질은 시간을 들인다고 해도 개선시키기 어렵다. 따라서 처음부터 이러한 자질에 부합되지 못하는 사람들은 선발 대상에서 제외하는 것이 좋다. 그러나 현재 많은 기업들이 시행하는 전통적인 인터뷰 방식으로는 인재들에게 잠재되어 있는 기본적 소양과 관리 능력을 확실하게 측정하기 어렵다.

그러나 앞서가는 기업들은 영업 리더를 선발하기 전에 후보자들에게 실제 업무를 수행할 기회를 준 다음, 그들이 리더로서 성공하는 데 필요한 핵심적인 자질과 능력을 갖추었는지 평가하기도 한다.

유능한
영업 리더의
영업적인 측면

영업 리더의 우수성을 결정하는 특성들은 대부분 세 개의 큰 범주 중 하나에 속한다는 사실을 알 수 있다. 이것은 '영업하기', '코칭하기', '주인 의식 가지기' 등 세 가지이다. 여기서 주인 의식이라고 하는 것은 고위 경영진이 영업 리더들에게 기대하는 다양한 측면의 사업적 애사심에 관련된 것이다. 즉, 영업 리더들이 담당하는 영업 지역을 마치 자신의 개인 사업처럼 열성을 다해 경영할 수 있는지를 점검하는 것이다.

다음 〈그림 9-2〉를 통해서 최고의 영업 리더들에게는 여전히 영업적인 측면도 중요하다는 사실을 확인할 수 있다. 여기서 26.5%라고 하는 것은 그만큼 영업에 시간을 투입하고 있다는 의미는 아니다. 유능한 영업 리더들이 다른 관리자들보다 뛰어난 이유 중 26.5%가 우수한 영업 능력 때문이라고 해석해야 할 것이다.

영업(26.6%)	코칭(28.0%)	자기 경영·주인 의식(45.4%)	
26.6	28.0	16.2	29.2
영업	코칭	자원 배분	영업 혁신
• 고객에게 고유의 관점을 제공함 • 고객의 필요사항과 우선순위에 맞추어 제안함	• 영업 사원들이 효과적으로 맞추어 제안하도록 • 영업 사원들이 어떻게 그리고 언제 주도권을 확보할지 보여줌	• 영업절차를 준수하도록 하기 • 징계하기	• 단위 영업 건에서의 문제를 해결할 새로운 방안을 마련하기 • 제안을 새롭게 제시할 혁신적인 방법을 마련하기
*참고 : 관리자의 기본 자질 중 영업 능력은 26.6%, 예를 들면 영업(selling), 코칭(coaching), 주인 의식(owning)은 나머지 73.4%를 차지함			

〈 그림 9-2 〉 현장 영업 관리자의 성과에 영향을 미치는 요인들

영업 리더들에게도 영업 능력은 여러모로 필요하다. 영업 리더들은 상황에 따라 공백이 된 지역을 일시적으로 담당할 수도 있고, 대형 거래를 성사시키는 데 조력자 역할을 하거나 고객사의 요청에 따라 상위 직급자나 의사결정자로서 협상에 임해야 할 때도 있기 때문이다. 무엇보다 핵심적인 것은 영업인들이 영업 활동에 대해 배울 수 있는 역할 모델이 되어야 한다는 것이다.

다음으로 영업 리더의 능력의 28%를 결정짓는 요인은 코칭에 관한 것이다. 코칭은 리더의 능력을 결정짓는 중요한 요소이며, 영업인의 성과를 개선하는 데 매우 큰 역할을 한다. 효과적인 코칭을 구성하는 구체적인 요소들을 살펴보면 '영업인이 효과적으로 제안하도록 가이

드 역할하기', '영업인에게 언제, 어떻게 주도권을 확보해야 하는지 보여 주기', '복잡한 협상 과정에서 영업인 조력하기' 등 영업인의 영업 전략과 스킬을 향상시키는 데 초점이 맞추어져 있다.

여기서 꼭 한 가지 짚고 넘어갈 것이 있다. 이 연구 조사를 실시한 메슈 딕슨과 브렌트 애덤슨의 영업 리더의 코칭과 영업 관리의 차이에 관한 해석이다. 이들의 설명은 세일즈 코칭에 대한 관심이 날로 높아지고 있는 국내 영업 분야의 종사자들이나 임원을 포함한 경영진 그리고 리더들에게 시사하는 바가 크다.

많은 영업 리더들이 좋은 영업 관리와 코칭을 동일시한다. 그러나 영업 리더들의 우수성은 단지 코칭과 관련된 것뿐만 아니라 리더십, 방향성, 가이드를 제공하는 능력 등 일반적인 측면들과도 관련이 있다. 즉, 조직의 비즈니스를 마치 자신의 사업을 관리하는 것처럼 효과적으로 수행할 수 있느냐에 달려 있다는 것이다.

실제로 조사 자료를 보아도 영업 리더의 우수성을 결정하는 약 45%는 전반적으로 비즈니스를 관리하는 역량에 달려 있다. 유능한 영업 리더들은 자신이 관리하는 영업인들을 코칭하는 데도 뛰어난 능력을 보여 주지만, 이들이 직접 비즈니스를 실행하는 데는 더욱 우수한 능력을 보여 주는 것으로 나타났다. 뛰어난 코칭도 중요하지만, 이는 유능한 영업 리더가 지녀야 할 많은 능력 중에 일부라는 이야기이다.

이 결과에서 가장 많은 비율을 차지하는 것은 영업 혁신이었다. '혁신'이라는 용어는 다양한 의미로 쓰인다. 여기서 연구자들이 말하는 혁신의 의미는 영업 리더가 영업인과 협력하여 현재 영업 활동에 걸림돌이 되는 것이 무엇인지 파악하고, 고객이 어떠한 어려움에 왜 처해 있는지 평가하며, 해당 사안을 원활하게 진전시킬 수 있는 방법을 찾아내는 것이다.

그리고 새로운 가치를 정립하거나 아니면 새로운 기능의 제품을 창조하는 것이 아니라 오히려 공급사가 가진 역량들을 각각의 고유한 환경에 맞추어 창조적으로 결합하고 이 역량들을 기존에 문제가 되던 방해 요소들과 어떤 관계가 있는지 보여 주는 것이다. 또한 이것은 고객이 처한 구체적인 상황, 즉 현실적 상황에 맞추어 창조적으로 영업 전략을 수정하는 것이다.

이러한 영업 혁신이 말해 주는 것은 우수한 성과를 내는 영업 리더들에게는 곤경에 빠진 프로젝트를 다시 정상 궤도로 진입시키는 뛰어난 능력을 가지고 있다는 것이다.

그렇다면 혁신과 코칭은 어떻게 다른 것일까? 코칭은 알려진 행동 방식을 통해 성과를 내는 것으로 성공으로 가는 길을 예측할 수 있는 훌륭한 접근 방법이다. 반대로 혁신은 예측할 수 없는 장애물을 극복하면서 성과를 이끌어내는 것으로, 역동적이고 예측 불가한 일들이 일어나는 환경에 잘 맞는다. 혁신을 추진할 때는 영업인도, 영업 리더도 해답을 가지고 있지 않으며 효과적인 방법을 찾기 위한 리더의 리더십을 바탕으로 협력해야 한다. 영업 리더들은 모르는 것을 코칭하기는 어렵지만 모르는 것에 대해 혁신할 수는 있다.

이들의 연구를 통해 알게 된 가장 의미 있는 것이 바로 이 혁신의 중요성이다. 영업 혁신은 29.2%로 세계적 수준의 영업 리더들의 성과와 관련한 영업 특성으로 가장 큰 부분을 차지한다. 이것은 영업 능력보다 더 중요하며, 자원 배분 능력보다 훨씬 더 중요하다. 코칭은 28%로 1위인 혁신과 거의 차이가 나지 않았다. 흥미로운 사실은 기업들이 지난 5년간 많은 시간을 코칭에 주목하며 투자해 왔지만, 영업 혁신과 관련해서는 대부분의 리더들이 심각하게 생각해 보지 않았다는 것이다.

이 연구에서 또 한 가지 주목할 점은 많은 영업인들이 자신의 영업 리더의 코칭 능력에 대해서는 높은 점수를 주었지만, 혁신과 관련된 특성에서는 낮은 점수를 주거나 아니면 코칭 능력과 정반대로 평가했다는 점이다.

이것은 이 두 가지 능력이 서로 독립적으로 움직였다는 것이다. 이는 곧 영업 리더가 아무리 최고의 코칭 능력을 가지고 있다고 해도 많은 영업 프로젝트들이 여전히 진행되고 있지 못하다는 방증이기도 한다. 공통의 영업 프로세스와 필요한 영업 스킬이 코칭을 통해 숙달한다 하더라도 현재 정체된 상황을 타개하는 것은 여전히 어려운 일임을 알 수 있다.

지금까지 체계화된 코칭은 복잡한 영업 환경에서 영업인들의 성과를 개선하는 데 가장 큰 기회를 제공하는 것으로 알려져 있다. 그러나 사실 이것은 생산성을 중대시키는 요소들 중 가장 잘못 이해되고 있는 것 중의 하나이다.

그렇다면 왜 많은 영업 조직에서 코칭을 잘 활용하지 못하는지를 코칭의 정의를 통해 한번 살펴보겠다. SEC는 기업들의 도움을 받아 코칭의 정의를 다음과 같이 내렸다.

"코칭은 영업 리더와 영업인 사이의 지속적이고 역동적인 상호 작용으로, 영업인의 구체적인 행동을 진단하고, 수정하고, 강화 하는 과정이다."

이 밖에 다른 정의들도 대부분 이 범위를 벗어나지 않으며, 공통적 으로 '지속성', '과정'과 같은 단어를 포함하고 있다. 그리고 영업 조직 의 리더들이 코칭을 잘 활용하려면 코칭의 정의에서 나타난 몇 가지 특성을 잘 활용해야 한다.

첫 번째, 코칭은 지속적이라는 점이다. 코칭은 일회성 행사나 일련 의 교육 이벤트와 다르게 지속성을 요구한다. 두 번째, 개별 영업인 에 대한 구체적인 진단을 바탕으로 한다. 따라서 코칭은 개인에게 맞 추어져 있다. 교육이 일반적으로 같은 교육 내용을 같은 형식으로 모 든 사람들에게 전달하는 것이라면, 코칭은 특정 개인의 요구에 전적 으로 맞추어져 진행된다. 마지막으로, 코칭은 행동과 관련된 것이다.

코칭의 목표는 기술이나 지식을 습득하는 것이 아니라, 습득된 기술을 실제로 어떻게 적용할지 보여 주는 것이다.

교육은 지식을 공유하는 데 효과적인 역할을 한다. 그러나 코칭은 지식을 기반으로 행동하는 것과 관련되어 있다. 코칭이 가진 고유한 장점은 코칭이 어떻게 특정 개인의 요구에 기반하여 적시에 체계적으로 전달되느냐에 기인한다.

많은 조직에서 코칭을 비공식적인 교육으로 생각하지만 효과적인 코칭은 실제로는 매우 공식적이다. 코칭은 매우 조직적이며 주기적인 일정에 따라 시행된다. 영업 조직의 리더들이 코칭을 한다고는 하지만 실제는 그냥 관리만 하고 있을 뿐인 경우가 대부분이다.

영업 리더에게
코칭 목표를
부여하라

'어떻게 하면 영업 리더들이 코칭을 효과적으로 할 수 있을까?'라는 질문에 대해 수년간 연구하고 고민하지만, 필자는 조직의 경영진이나 영업 관리자들이 무엇을 목표로 코칭을 해야 하는지에 대한 방향성이 없이는 코칭의 효과도, 영업 성과도 기대하기 어렵다고 생각한다.

외부 강사나 코치를 데려와서 몇 시간의 코칭 교육을 시켜 놓고 "자! 가서 영업인들을 코칭 하세요!"라고 외친들 아무 소용이 없다. 그보다는 영업 리더들에게 코칭 스킬을 통해 구체적으로 무엇을 어떻게 할지를 알려주어야 한다. 즉, 영업과 관련해서 어떤 일을 해야 하고, 무엇이 최선인지를 알려주어야 한다.

많은 영업 관리자들이 '코칭'하면 '동행 방문'을 떠올리고 그것이 전부인 것처럼 생각하고 있으나, 세일즈 코칭은 그 이상의 것들을 포함하고 있다. 세일즈 코칭은 전략적이고 과학적인 설계가 필요한 성과 향상 시스템이라는 것을 기억해야 한다. 동행 방문은 세일즈 코칭의 일부분에 불과하기 때문이다.

영업 현장에서 영업 리더들이 코칭을 할 때 가장 쉽게 범하는 실수 중의 하나가 영업 실적 자체를 놓고 하는 결과에 대한 코칭이다. 영업인들은 영업 리더가 자신에게 행하는 것은 코칭이 아니라 '실적 추궁'이라고 토로하기도 한다. 즉, 영업인의 행동이 아니라 결과에 초점이 맞추어진 실적에 대한 평가와 면담은 결코 코칭이라 할 수 없다. 따라서 영업인의 역량을 향상시키기 위해 세일즈 코치로서 영업 리더의 역할은 매우 중요하다.

SEC 사는 약 10여 개의 기업을 대상으로 영업 리더의 코칭 역량을 개선하고, 혁신적으로 거래를 이끌 수 있는 스킬들을 가르치며, 현재 영업 리더들의 전반적인 능력을 향상시키는 데 도움을 줄 수 있는 프로그램을 진행했다. 이 영업 리더 개발 프로그램의 중요한 요소 중 하나는 '가정기반코칭'이다. 가정기반코칭은 영업 리더들이 어떻게 하면 좋은 것인지에 대한 명확한 가정을 하고 시작한다. 알파벳 첫 글자를 따서 'PAUSE'라고 부르는 이 방법은 다음과 같다.

코칭 대화 준비하기(preparation for coaching conversation)

코칭 세션을 진행하기 전에 영업 리더들은 충분한 사전 준비를 해야 한다. 준비를 통해서만 코칭의 연속성을 유지할 수 있다. 영업인이 영업의 어느 단계에 머물러 있는지 한번 생각해 봄으로써 리더들은 영업인에게 어떤 행동들이 현재 중요한지 파악할 수 있다. 이것은 영업인이 상황을 잘 파악하지 못하는 문제를 가지고 있을 때 그것을 해결하는 첫 번째 단계이다.

관계 확증하기(affirm the relationship)

영업인이 코칭을 받을 준비가 되어 있지 않거나 코치로서 리더의 역할을 인정하지 않는다면, 코칭을 위한 노력은 시간 낭비일 뿐이다. 영업 리더는 성과 관리와 코칭을 구분할 줄 알아야 한다. 그리고 이를 위해 별도의 교육을 받을 필요가 있다. 성과 관리와 코칭 사이에 명확한 구분을 하기란 쉽지 않지만, 코칭을 효과적으로 할 수 있는 안전한 상황을 만드는 것은 가능하다.

예상된(관찰된) 행동 이해하기(understand expected/observed behavior)

많은 영업 리더들이 코칭을 하면서 관찰한 것을 어떻게 해석해야 할지, 영업인들을 관찰할 때 실제로 무엇을 중점적으로 해야 할지 고민에 빠진다. 만약 영업 리더가 미팅에서 어떻게 행동하는 것이 바람직한지 이해하고 있다면, 실제로 영업인이 그렇게 하고 있는지 더 쉽게 평가하고 코칭해 줄 수 있다.

행동 변화를 구체화하기(specify behavior change)

영업 리더가 영업인들의 핵심 행동이 무엇인지 이해하고, 그 행동을 정의하는 객관적인 기준을 가지고 있다면 이에 관한 구체적이고 객관적인 의견을 영업인들에게 쉽게 전달할 수 있을 것이다. 이러한 구체적인 의견을 통해 코칭이 너무 포괄적이거나, 주관적인 의견으로 끝나거나, 초점을 잃어버리거나, 강압적인 분위기에서 진행되는 것을 예방할 수 있다.

새로운 행동이 자리 잡도록 하기(embed new behaviors)

이 단계는 코칭이 일시적인 것으로 끝나지 않고 조직 내에서 제도화된 절차로 자리 잡도록 하는 것이다. 회사는 영업 리더들이 각 영업인의 구체적인 행동 계획을 수립하고, 연속성을 가지고 코칭을 진행할 수 있는 툴을 제공해야 하며, 리더들의 코칭 역량이 지속적으로 향상될 수 있도록 지원해야 한다.

코칭의
두 가지
중요한 속성

코칭에는 두 가지 중요한 속성이 있다. 첫 번째는 코칭이 계속 진행되는 과정에 있다는 것이다. 코칭은 단 한 번으로 끝나지 않으며 반복적이고 지속적으로 이루어져야 하는 일상의 과정이다. 코치들은 종종 기본적인 것들에 집중하며, 동일한 기술을 반복해서 코칭하기도 한다.

프로 축구 선수들을 위한 춘계 훈련이나 시즌 시작 직전의 훈련을 보면, 대부분이 오랫동안 운동을 해 온 프로들임에도 불구하고 훈련에서의 주안점은 기본적인 것들이다. 능력의 향상을 가져오는 것은 바로 이처럼 지속적인 강화에 있다.

강화는 바람직한 행위의 모습을 구축한다. 이것은 영업인이 특정 영역에서 서서히 기술들을 완성해가는 과정에서 관리자가 세심하게 관찰한 것에 대해 피드백을 통해 지속적으로 강화하는 것을 의미한다. 코칭이란 단 한 시간 또는 단 한 번으로 끝나는 것이 아니며, 오랜 시간과 반복이 필요하다.

두 번째는 코칭에 관하여 배울 때 가장 어려운 것이 바로 영업 리더 자신을 두 번째로 둔다는 점이다. 코치들은 게임을 하지 않고 지켜보기만 하고, 자신의 선수들이 경기를 하도록 지원해야 한다. 이것은 영업 성과가 최고인 일부 영업 리더들에게는 무척 어려운 일이기도 하다. 리더가 영업을 잘할지라도 자신은 직접 영업 현장에서 뛰는 영업인의 뒤쪽으로 한 발짝 물러나 있어야 한다. 스포츠 경기 특히 축구나 야구 경기를 보면 코치들은 경기장 밖에 있지만, 사이드라인에서 진행되고 있는 모든 것들을 지켜보고 있다.

코칭은 영업 리더들이 할 수 있는 가장 효과적인 영업인 개발 방식으로, 그들의 잠재력을 최대한으로 끌어올리고 목표를 달성하도록 지원하기 위해 지식과 경험을 공유하는 활동이다. 따라서 영업인들이 참가하는 영업 훈련 프로그램이 있다면 코칭을 통해 반드시 그것을 보강하고 지원해야 한다.

영업인에게 코칭은 강의실 훈련보다 각 개인의 요구와 강점에 맞출 수 있는 장점이 있다. 효과적인 코칭이 되려면 코칭을 받을 사람과 그가 처한 상황 그리고 현재 그가 지닌 기술을 세심하게 관찰하고, 그의 이야기를 경청하며, 솔직한 피드백을 주어야 한다.

질문도 지시적인 것보다는 비지시적인 것이 더 효과적이다. 그리하여 자신의 약점 때문에 실패하는 영업인들에게 다르게 일할 수 있

도록 지도해야 한다. 아울러 피드백을 통해 지속적인 코칭이 이루어
져야 함은 물론이다. 다시 한 번 말하지만 잊지 말아야 할 것은 코칭
은 성과에 대한 검토가 아니라는 사실이다.

세일즈 코칭을
시작하기 전에

코칭을 하기 전에 기업의 경영자나 영업 리더 또는 코칭 프로젝트 책임자들은 다음 사항을 반드시 짚고 넘어가야 할 필요가 있다.

- 영업 전략에 따른 영업인의 역할이 명확하게 정의되어 있는가?
- 영업인의 역할에 따른 활동을 관리하는 시스템과 문화가 있는가?

세일즈 코칭은 회사의 영업 전략을 현장과 연결하는 데 필요한 시스템이자 문화이고, 영업의 성과 요인에 대한 명확한 그림을 가지고 그것을 구현해 나가는 영업 리더들에게 필요한 리더십 스킬이다. 따라서 성공적인 세일즈 코칭을 위해서는 회사의 영업 전략과 그에 따른 영업인의 역할 규정, 영업 활동을 관리할 수 있는 시스템과 문화 속에서 효과를 볼 수 있다.

그럼에도 불구하고 많은 영업 조직들이 단 몇 시간 혹은 며칠간의 코칭 교육을 통해 영업 리더들에게 세일즈 코치의 역할을 요구한다. 결국 세일즈 코칭은 사상누각으로 전락한다. 이런 현실이다 보니 많은 HR 담당자들이 성과 향상을 위한 코칭 과정을 자체적으로 설계하는 데 어려움을 겪는다.

결국 명확한 코칭의 도입 목적과 방향성, 체계적으로 고안된 영업 성과 모델, 신중하게 계획된 코칭/훈련 프로그램, 코칭 문화 정착을 지원하는 시스템과 조직 문화에 대한 총체적이고 포괄적인 설계 없이는 전통적인 영업 리더의 타이틀을 코치로 바꿀 수는 있을지 몰라도 그들의 생각, 본질, 능력을 바꿀 수는 없다.

코칭은 지속성과 실행이 관건이다

세일즈 코칭은 '실천 계획 수립[plan]-실천[do]-성찰[review]' 프로세스를 매번 지속하는 것이 중요하며, 특히 코칭 받는 영업인의 실천이 무엇보다 중요하다. 세일즈 코칭의 성패 여부는 코칭을 받는 영업인의 실행 계획과 성찰의 실천 여부에 좌우한다고 할 수 있다. 즉, 영업인이 변화와 성장에 대한 의지를 가지고 실천에 옮길 때 비로소 코칭은 성과로 연결되는 것이다. 이는 영업 조직 내부에서 일어나는 세일즈 코칭뿐만 아니라 외부 코칭 전문가들에 의한 코칭에서도 마찬가지이다.

모두가 코칭 대상자는 아니다.

다음 〈그림 9-3〉 세일즈 코치의 효과는 「Sales Executive Council」에서 발표한 그래프로, 효과적인 세일즈 코칭이 영업 조직에 상당한 영향을 미친다는 것을 보여 준다. 코칭의 질을 향상시키면 성과 곡선 전체가 움직일 것으로 생각하지만, 실제로는 일부분만 기울어질 뿐이다. 그래프를 보면 중간 부분은 움직이지만, 양쪽 끝부분은 움직이지 않는다.

이것이 의미하는 것은 무엇일까? 먼저 평균 이하의 영업인들을 평균 이상으로 끌어올리려는 목적의 코칭은 성과가 아주 낮은 영업인들에게는 거의 영향을 미치지 못한다는 점이다. 이것은 일반적인 생각에 반하는 것처럼 보인다. 많은 사람들이 성과가 낮은 영업인들은 조금만 코칭을 하면 성과가 급등할 것으로 예상한다. 그러나 차트의 좌측 하단부를 보면 오히려 정반대로 나타난다. 특정 업무에 부적절한 사람들은 코칭을 통해 변화시키기가 어렵다는 점을 보여주는 것이다.

마찬가지로 성과가 떨어지는 사람을 우수한 성과를 내도록 변화시키기 위한 코칭은 유능한 영업인들에게도 큰 영향을 미치지 못했다. 이것 역시 일반적인 생각에는 반하는 것이다.

보통 사람들은 코칭을 통해 유능한 영업인을 더 뛰어난 영업인으로 만들 수 있다고 생각할 것이다. SEC는 이러한 연구 결과를 골프 선수에 비유하여 설명한다.

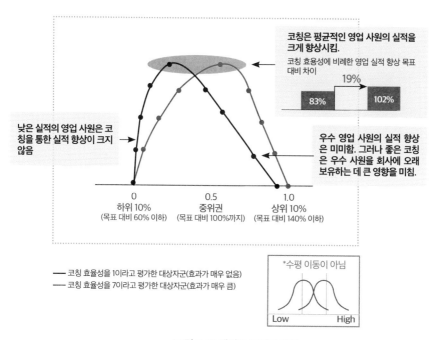

코칭은 평균적인 영업 사원의 실적을
크게 향상시킴.

코칭 효용성에 비례한 영업 실적 향상 목표
대비 차이

19%

83% → 102%

낮은 실적의 영업 사원은 코
칭을 통한 실적 향상이 크지
않음

우수 영업 사원의 실적 향상
은 미미함. 그러나 좋은 코칭
은 우수 사원을 회사에 오래
보유하는 데 큰 영향을 미침.

0	0.5	1.0
하위 10%	중위권	상위 10%
(목표 대비 60% 이하)	(목표 대비 100%까지)	(목표 대비 140% 이하)

—— 코칭 효율성을 1이라고 평가한 대상자군(효과가 매우 없음)
—— 코칭 효율성을 7이라고 평가한 대상자군(효과가 매우 큼)

*수평 이동이 아님

Low High

〈그림 9-3〉 세일즈 코치의 효과

　많은 프로 골퍼들이 스윙 코치를 고용해서 이들과 같이 연습한다. 그러나 결국 이러한 훈련을 통해 기대하는 것은 아마도 평균 타수보다 한 타 정도 적게 치는 일일 것이다. 이들은 이미 우수한 성적을 내는 선수들이므로, 이들이 기대하는 것은 현재 수준에서 단지 조금 더 실력이 향상되는 것이다. 그러나 코칭 대상이 평균적인 영업인이라면 어떤 수준의 코칭을 받느냐에 따라 성과에 지대한 영향을 미친다.

　연구에 따르면 영업팀 내에서 평균적인 성과를 내는 영업인들은 수준 높은 코칭을 받게 되면 19% 정도까지 성과가 향상되었다. 이것은 단지 이론에 그치는 것이 아니고 SEC가 실제로 검증한 효과이다. 따라서 무엇보다도 영업인의 능력과 의욕 수준에 따라 각기 다른 교육이나 코칭을 실시하는 것이 효과적이다. 그리고 저성과자들의 경우에는 코칭보다는 멘토링이나 교육이 더 효과적일 것이다.

진정성이 있어야 한다.

영업 리더와 영업인 사이의 관계에 있어서 영업인이 마음을 여는 것은 영업 리더 대한 신뢰의 정도와 비례한다고 할 수 있다. 성공한 많은 영업인들이 상사와의 관계에서 신뢰와 존경의 중요성을 강조한다.

영업 리더들은 다음과 같은 방법으로 영업인들로부터 신뢰와 존경을 획득할 수 있어야 한다. 첫째, 능력 개발을 지원할 수 있는 역량과 과거의 판매 경험이 있어야 한다. 둘째, 정직하고 믿음을 주는 사람이어야 한다. 셋째, 상대방의 의견을 경청하고, 개방성을 유지하며, 쌍방향 커뮤니케이션 채널을 통해 영업인의 필요에 관해 진정으로 관심을 기울일 줄 알아야 한다.

이러한 전제 조건이 충족되었을 때 영업 리더들은 영업인들로부터 신뢰와 존경을 받을 수 있다. 결과적으로 영업 리더는 리더로서 동질성, 신빙성과 역량, 영업인들에게 도움이 되고자 하는 의지 등을 진실하게 보여 주고 그들을 신뢰하고 존중할 때 비로소 그들에게서 신뢰와 존경을 받을 수 있다. 이처럼 코치와 코칭을 받는 사람 간에 신뢰 관계를 형성하는 것은 성공적인 코칭을 위해 매우 중요한 요소이다.

세일즈 코칭을 하는 데 있어서 관리자가 영업인들과 신뢰를 쌓기란 쉬운 일이 아니다. 하지만 반드시 필요한 부분이다. 많은 영업인들이 자신에 관해 너무 많은 것을 노출하면 피해를 입을 수도 있다는 생각을 한다. 그래서 그들은 성과와 관련해 전적으로 필요한 부분만 자신을 노출한다. 그러나 이러한 태도는 진실하고 열린 대화를 방해하며, 진정한 문제와 장애물에 대한 탐색을 어렵게 한다.

신뢰는 성공적인 코치가 되기 위한 원칙이자 기준이 된다. 만약 영업인들이 영업 리더를 신뢰하지 않는다면, 코칭을 시작하는 것조차 난관에 부딪칠 수 있다. 성공적인 코칭을 위해서는 영업 리더와 영업인들 사이에 표면적인 신뢰를 넘어선 수준의 신뢰가 존재해야 한다.

PART 10

영업성과
영향요인에 관한 연구

10장 참고문헌

1. Adam M. Grant(2013), "Rethinking the Extraverted Sales Ideal : The Ambivert Advantage," Psychological Science(forthcoming,).

2. Adrian Furnham and Carl Fudge(2008), "The Five Factor Model of Personality and Sales Performance," Journal of Individual Differences29. no.11: 11-16.

3. Bass, Bernard M.(1985), Leadership and Performance Beyond Expectations, New York: Free Press.

4. Beatty, Sharon E., Morris Mayer, James E. Coleman, Kristy E. Reynolds, and Jungki Lee(1996), "Customer-Sales Associate Retail Relationships," Journal of Retailing, 72(3), 223-247.

5. Barrick, M. R, Mount M. K., and Judge, T. A(2001), "Personality and performance at the beginning of the new millennium: What do we know and where do we go next?," International Journal of Selection and Assessment, 9. 9-30.

6. Conger, Jay A., and Rabindra N. Kanungo(1988), "The empowerment process: Integrating theory and practice," Academy of Management Review, 13(3), 471-482.

7. Crosby, Lawrence A., Kenneth R. Evans, and Deborah Cowles(1990), "Relationship Quality in Services Selling: An Interpersonal Influence Perspective," Journal of Marketing, 54(July), 68-81.

8. Dwyer, F. Robert, Paul H. Schurr, and Sejo Oh(1987), "Developing Buyer-Seller Relationship," Journal of Marketing, 51(2), 11-27.

9. Edwards, Jeffrey R, and Lisa Schurer. Lambert(2007), "Methods for integrating moderation and mediation: a general analytical framework using moderated path analysis," Psychological methods, 12(1), 1-22.

10. Palmer, Adrian and David Bejou(1994), "Buyer-Seller Relationships: A Conceptual Model and Empirical Investigation," Journal of Marketing Management, 10, 495-

외향적인
영업인이
성과가 좋다?

기업들은 일반적으로 영업인을 채용할 때 내성적이 사람보다는 외향적인 사람을 선호한다. 고객에게 친화적이고 적극적으로 제품을 설명하며 에너지가 넘치는 외향적인 사람이 내성적인 사람들 보다 영업 실적이 훨씬 좋은 것이라 생각하기 때문이다. 그런데 외향적인 사람이 실제로 영업 성과에 긍정적인 영향을 미친다는 근거가 있을까?

이미 많은 학자들은 이미 외향적인 성향이 도매 영업, 건강 및 피트니스 영업, B2B 영업, 제약 영업 등의 성과와 상관관계가 낮고 일관적이지 않다는 연구 결과를 여러 차례 발표한 바 있다. 그럼에도 불구하고 기업들이 외향적인 영업 사원이 더 성과가 좋을 것이라 기대하는 것은 기업이 얼마나 영업 사원의 자질에 대해 무관심한지를 보여주는 단적이 사례라 할 수 있다.

펜실베이니아 대학 와튼 스쿨의 경영학 교수이자 미국의 최고 신진 사회심리학자 가운데 한 사람인 아담 그랜트Adam Grant는 이전에 외향성과 관련된 연구를 몇 차례 진행하면서 영업과 깊은 관련이 있는 외향성이 왜 영업 실적과 상관관계가 없는지 의문이 생겼다. 그래서 그 이유를 알아보기로 했다.

아담 그랜트는 콜센터를 통해 상품을 판매하는 소프트웨어 회사에서 자료를 수집했다.

영업을 목적으로 고객에게 전화를 거는 아웃바운드 영업인 340명을 대상으로 한 설문 조사를 통해 그들의 성격적 특성을 파악했다. 3개월 동안 각자가 올린 영업 실적을 통해 분석한 결과 양향적인 영업인은 시간당 155달러, 외향적인 영업인은 125달러, 내향적인 영업인은 120달러였다. 외향적인 영업인과 내향적인 영업인의 실적 차이는 5달러밖에 되지 않았다.

3개월 동안 양향적인 영업인은 내향적인 영업인들 보다 24%, 외향적인 영업인들 보다 32% 많은 실적을 기록했다. 친절함, 양심, 개방성, 신경증과 같은 기타 성격적 특성들은 이런 성과 차이를 설명하지 못했다. 양향성의 차이가 실적 차이를 발생시켰던 것이다. 그렇다면 왜 외향적인 특성이 높은 영업인의 실적이 양향적인 영업인보다 낮을까?

첫째는, 외향적인 영업인들은 고객의 관점보다 자신의 관점에 더 큰 비중을 두기 때문이다. 자신도 모르게 고객의 대화를 지배하게 되어 고객의 니즈와 관심에 신경 쓰지 못한다는 것이다.

둘째는, 외향적인 영업인들은 고객으로부터 부정적인 평가를 받을 수 있기 때문이다. 열정적으로 제품을 설명하고 설득하려는 말과 행동이 때로는 고객에게 강압적이고 공격적인 모습으로 비쳐질 수 있는 것이다. 고객은 이런 영업인들에게 방어적일 수밖에 없고 그 상황에서 벗어나고 싶은 충동을 느끼게 된다.

양향적인 영업인은 적당한 수준으로 적극적이고 자기 주장을 펼치며 동시에 고객의 말을 경청하고 시의 적절하게 반응하기 때문에 외향적인 영업인과 내향적인 영업인에 비해 실적이 더 높은 것이라고 그랜트는 설명한다.

따라서 외향적이어야 영업을 잘한다는 우리의 통념은 더 이상 옳지 않다는 것을 알 수 있다. 그러므로 직무 특성상 고객이나 외부인을 많이 상대해야 하는 영업인을 채용할 때에는 외향성에 비중을 두기보다, 외향성과 내향성을 적절히 겸비한 사람에게 관심을 두어야 한다.

최근 HBRHarvard Business Review에서 영업 전문가들을 대상으로 한 연구들에서 영업 실적이 가장 좋은 영업인들은 사교성이 평균보다 낮은 사람들이었으며, 가장 사교적인 영업인은 실적 면에서 종종 낮은 점수를 기록했다. 유럽과 미국의 고객들을 대상으로 한 대규모 연구에 따르면, 영업인들에게 가장 부정적인 행동은 정보가 빈약한 상태에서 고객을 대면하는 것이 아니었다. 적극성과 열의가 넘친 나머지 고객에게 너무 자주 연락하는 것이 가장 문제였다. 다시 말해, 주장을 해야 할 때와 기다려야 할 때의 균형을 맞추지 못하면 지나치게 강요하는 사람으로 비춰지고 고객들은 도망가게 된다는 것이다.

그렇다고 내향적인 성향도 정답은 아니다. 내향적인 영업인들에게는 반대의 어려움이 있다. 이들은 수줍음을 많아 시작하기 힘들고 소심해서 끝을 맺지 못할 수 있다. 내향적인 영업인은 '철저히 검토하는 데 적합하고' 외향적인 영업인은 '응대하기에 적합한' 사람이다. 어떤 경우의 영업이라도 검토와 대응의 적절한 균형이 중요하다. 양향적인 영업인들은 이런 균형점을 찾을 줄 안다.

인센티브
정말
필요할까?

컨설팅 회사인 CEBCorporate Executive Board가 조사한 바에 의하면 고객이 영업인에게 전화하기 전에 구매 의사결정 과정의 57%가 완료된다. 결정하는 시점을 100%라고 보면, 관심 상품을 인터넷 등을 통해 검색한 후에 구매하겠다고 마음먹은 시점이 구매 의사결정 과정에서 57%는 지점이라는 의미이다. 이 시점에서 고객들은 영업인에게 전화를 한다. 전화하는 이유는 구매하겠다는 전제하에 가격을 협상하기 위한 것이지 영업인의 말에 따라 구매 여부를 결정하겠다는 것은 아니다.

고객의 구매 결정이 실제로 이렇게 이루어지는데, 영업인의 판매실적에 따라 보너스를 차등 지급하는 현재의 방식은 옳은 것일까? CEB의 의사결정 과정에서 유추할 수 있듯이, 영업인에게 가격 결정권 혹은 결정권이 없거나 제한되는 상황에서는 고객이 지갑을 열도록 할 방법은 별로 없다. 영업인에게는 자신이 받기로 한 인센티브의 일부를 고객에게 주는 방법밖에 없다. 수입차의 경우 영업인들이 회사의 공식적인 프로모션이 없는데도 얼마를 할인해 주겠다, 틴팅과 블랙박스를 달아주겠다며 유혹하는 이유는 바로 여기에 있다.

이처럼 고객의 구매 의사결정 과정에 영업인이 기여하는 정도가 적을 수밖에 없다면 판매 실적에 따라 인센티브를 주는 방식은 의미가 없다. 영업인이 인센티브를 더 많이 받기 위해 무리한 거래를 시도하거나 고객을 속이는 바람에 회사 이미지가 실추되기도 하는 데, 매출을 늘리기 위해 도입한 판매 실적에 다른 인센티브가 오히려 보이지 않는 비용을 증가시키는 것이다.

인사이드세일즈 닷컴InsideSles.com의 조사에 의하면, 전통적인 현장의 영업보다 내부 영업이 빠르게 성장하고 있다. 영업인들이 자기 시간의 41%를 전화나 인터넷을 통한 영업 활동에 할애하고 있다는 조사 결과도 있다. 그렇다면 영업인들에게 판매 실적에 따라 인센티브를 차등 지급할 이유가 별로 없다. 일반 직원과 비슷하게 일하고 고정급에 약간의 인센티브를 지급하는 것이 현실적인 보상 방법일 것이다.

이런 보상 방식을 제안하면 영업인들이 판매 실적에 따라 인센티브를 지급해야지 더 많은 물건을 팔려는 동기가 생기지 않겠느냐고 반문할 것이다. 물론 그럴 수 있다. 그런데 미국 소프트웨어 회사인 소트 웍스Thought Works는 2011년부터 영업인의 판매 실적에 다른 인센티브를 없앴다. 그럼에도 불구하고 회사는 지속적으로 년 18~22%씩 성장했다. 또한 판매 인센티브가 당연시되는 자동차 딜러 분야의 로열 그룹Royal Group이라는 캐나다 자동차 딜러 회사도 판매 인센티브를 없애는 데 동참했다.

2014년에는 다국적 제약회사 글락소스미스클라인GlaxoSmithKline Plc은 영업인의 개인 목표를 폐지하고 매출에 대한 인센티브를 제공하지 않기로 결정했다. 대신 규범 준수, 영업 활동량 분석, 전문적 지식과 기술, 매너, 고객 만족도 등으로 영업인의 성과를 평가하기로 했다. 영업인의 역할이 단순히 판매에 있지 않고 고객과 신뢰 관계를 구축하는 데 있다는 철학이 반영된 것이다.

영업인들의 판매 인센티브를 없애는 것이 과연 바람직한 일일까 하는 것은 어디까지나 영업인이 고객의 의사결정 과정에 얼마나 기여하는지에 달렸고, 영업인들을 채용한 각 회사의 인사 철학에 달려 있는 것이다.

판매 실적 인센티브가 필요 없는 6가지 이유

온라인으로 IT 개발자를 교육하는 플러럴사이트Pluralsight의 CEO 에런 스코나드Aaron Skonnard는 장기적으로 사업에 도움이 되지 않는다며 영업인 대상의 판매 인센티브를 폐지했고, 그 후 영업인들의 자부심과 만족도가 오히려 상승했다고 한다. 판매 인센티브를 폐지한 이유는 다음과 같다.

- 진정한 동기를 불러일으키지 못하며 영업인으로 하여금 단기적으로 사고하도록 만든다.
- 전체 성과가 아니라 영업인 개개인의 실적 등락만 따지는 부분 최적화의 유혹에 빠진다.
- 실적 부진의 이유를 시스템의 문제가 아니라 영업인 개인의 문제로 돌림으로써 문제 해결로 가는 길을 봉쇄한다.
- 단기 실적을 높이기 위한 동기를 자극하기 때문에 미래 대비에 소홀하게 된다.
- 계량적 실적에 근거해 판매 인센티브를 지급하다 보니 영업인들이 지식과 노하우를 학습하고자 하는 욕구를 별로 느끼지 않게 된다.
- 고객의 니즈를 충족시키려는 활동보다 실적 올리기에 급급하기 때문에 고객에게 최상의 서비스를 제공하기 어렵다.

만약 당신의 회사에서도 판매 인센티브 제도를 운영하는데 위의 세 가지 이상 항목에 해당된다면 인센티브 제도의 폐지를 적극적으로 고려할 필요가 있다.

관계 지향적 영업의 퇴장

글로벌 컨설팅 기업 CEB의 매슈 딕슨Matthew Dixon과 브렌트 애덤슨Brent Adamson은 전 세계 65개 회사, 12,000명의 영업인, 2,500명의 영업 리더들을 대상으로 탁월한 영업인Top Seller들을 연구했다. 그들의 연구에 의하면 세계적으로 탁월한 영업인들의 공통점은 다음과 같았다.

고객의 비즈니스를 심층적으로 이해하고 있으며 고객의 생각을 움직이고 고객사가 더 효과적으로 경쟁할 수 있는 새로운 방법을 코칭한다. 또한 고객들의 높은 충성도는 다음과 같은 고객의 영업 경험에서 비롯되는 것으로 드러났다(〈그림 10-1〉 참조).

- 시장에 대한 고유하고 가치 있는 관점을 제공한다.
- 여러 대안을 검토할 수 있도록 도움을 준다.

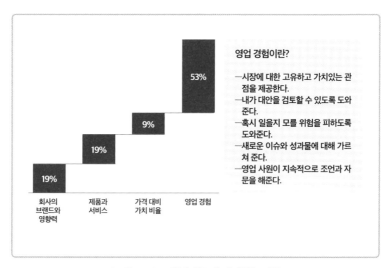

영업 경험이란?

—시장에 대한 고유하고 가치있는 관점을 제공한다.
—내가 대안을 검토할 수 있도록 도와준다.
—혹시 일을지 모를 위험을 피하도록 도와준다.
—새로운 이슈와 성과물에 대해 가르쳐 준다.
—영업 사원이 지속적으로 조언과 자문을 해준다.

〈그림 10-1〉 고객 충성도에 기여하는 비율

- 지속적으로 조언과 자문을 해준다.
- 새로운 이슈와 성과물에 대해 가르쳐준다.

이러한 특징들은 설루션 영업의 핵심인 고객의 니즈 탐구를 통한 설루션 제공을 뛰어넘는 새로운 패러다임의 현실화를 보여준다.

파트너 시대에 고객에게 진정 필요한 것은 고객에게 필요한 사항을 고객보다 더 잘 파악하는 영업인이다. 고객이 자신의 비즈니스에 대해 다른 관점에서 생각할 수 있도록 도전하고 자극받을 수 있도록 통찰insight을 제공할 수 있는 영업인이 파트너 시대가 요구하는 영업인이다.

이 연구에서 고객이 영업인에게 가장 기대하는 것이 무엇인지에 대해 물었을 때 관계가 중요하다고 답한 응답자는 놀랄 만큼 적었다. '관계를 맺어놓으면 영업은 저절로 따라온다'는 오래된 통념은 더 이상 진실이 아니다. 관계가 좋아도 소용없다. 고객은 자신의 성장과 발전을 도와줄 수 있는 상대와 계약하기 때문이다. 이제 관계는 고객에게 통찰을 제공하고 성공할 수 있도록 도와주었을 때 얻어지는 것이지, 관계를 통해 거래가 이루어지는 것이 아니라는 사실을 분명히 인식해야 한다.

이제는 영업의 패러다임을 바꾸어야 한다. 당신뿐 아니라 고객 또한 매출과 성장에 대한 심한 압박을 받고 있다. 따라서 고객이 자신이 바라는 성장과 성공을 도와줄 수 있는 공급자를 비즈니스 파트너로 삼고 싶어 하는 것은 당연한 이치이다.

다음의 〈표 10-1〉에서 보는 것처럼 좋은 제품, 브랜드, 서비스는 기본이다. 만약 이런 기본적인 것도 갖추지 않았다면 고객이 영업인과 만날 이유가 없다. 최고의 공급자와 나머지를 구분 짓는 것은 제품의 질이 아니라 통찰력이 주는 가치이다. 즉, 고객이 이전에는 불가능하다고 생각한 방법으로 수익을 내거나 비용을 줄일 수 있는 새로운 아이디어를 줄 수 있느냐 없느냐가 성패의 관건이다.

이런 의미에서 고객 충성도는 영업인이 무엇을 파느냐가 아니라 어떻게 파느냐에 달려 있다.

<표 10-1> 설루션 세일 vs 인사이트 세일

	Solution Selling	Insight Selling
어떤 기업을 목표로 삼아야 하는가?	뚜렷한 비전과 수요가 있는 기업	최근에 발생한 수요가 있거나 유동성 있는 기업
어떤 정보가 있어야 하는가?	고객들의 니즈	고객들에게 내재되어 있으나 아직 인식하지 못하고 있는 니즈
언제 참여해야 하는가?	고객들이 공급자가 문제를 해결할 수 있다는 것을 인지했을때.	고객들이 문제에 대하여 정확히 발견하기 전에
어떻게 대화해야 하는가?	질문을 통해 니즈를 파악하고 니즈와 해결책의 연결 고리를 찾는다	고객이 무엇을 해야하는지에 대한 통찰을 얻게 한다
정보의 흐름을 어떻게 관리해야 하는가?	고객들의 구매 프로세스를 따라 질문한다	고객들에게 구매 프로세스를 통해 합리적인 구매 방법을 코칭하고 지원한다

이제는 영업인이 자신이 아닌, 고객과 고객사의 성공에 초점을 두어야 영업인의 성공을 판단하는 기준이 될 것이다. 영업인은 가진 모든 자원을 동원해 고객의 목표와 꿈을 달성할 수 있도록 최선을 다해야 한다.

영업인들에게 고객이 지금 가장 원하는 것이 무엇인지 물어본다면 대부분은 안다고 할 것이다. 그러나 많은 영업인들이 고객사의 비즈니스가 어떤 방향으로 나아가고 있는지 큰 그림을 그리지는 못한다. 고객의 목표는 무엇인지, 어떻게 그 목표를 달성할 것인지를 그것을 알아내는 데는 고객사의 사업에 대한 통찰이 필요하다.

통찰은 해당 사업에 대한 근본적인 이해가 있을 때 생긴다. 그래야 고객에게 그들의 사업과 미래에 대한 통찰을 제공할 수 있다. 영업이익, 현금 흐름, 투자 회수율 그리고 사업 성장 속도 등은 기본적인 정보에 불과하다. 나아가 고객사가 어떻게 돈을 벌고 있으며, 가장 중요하게 생각하는 목표와 우선순위가 무엇인지 알아야 한다.

거의 모든 회사들은 수치화된 장단기 목표가 있다. 그리고 그 목표를 달성하기 위해 무엇을 해야 하는지도 생각하고 있다. 때로는 그 회사의 연차 리포트나 IR 자료, 사원들끼리 나누는 이메일이나 홈페이지의 게시판 등을 통해서도 회사의 목표에 관해 간접적으로 알아낼 수 있다. 하지만 이런 여러 목표들 가운데 무엇이 핵심인지를 아는 것이 중요하다. 이젠 고객과의 관계를 기반으로 한 설루션 영업은 끝났다. 가치 있는 통찰을 제공해야 한다.

실적이 좋은
영업인들의
특징

매튜 딕슨 등은 고객과의 관계는 결과로서 따라오는 것이지 성공적인 영업의 조건은 아니라고 말한다. 관계는 고객에게 가치를 제공했을 때 받을 수 있는 보상이라고 생각해야 한다는 말이다.

이들은 연구를 통해 90여 개의 회사를 상대로 6,000개의 샘플을 통해 어떤 유형의 영업인이 가장 뛰어난 실적을 기록했는지 알아내고자 했다. 연구 결과, 관계 중심 영업인의 실적이 가장 좋을 것이라고 예상했으나, 최고의 영업 실적을 올린 것은 관계 중심의 영업인이 아니었다. 그들은 자신들이 찾아낸 새로운 유형의 영업인을 '챌린저 challenger'라고 부르기로 했으며, 다음과 같은 특징을 나타낸다고 정리했다(〈그림 10-2〉 참조).

• 고객의 비즈니스에 대해 고유의 관점을 가지고 있으며 뛰어난 대화 능력을

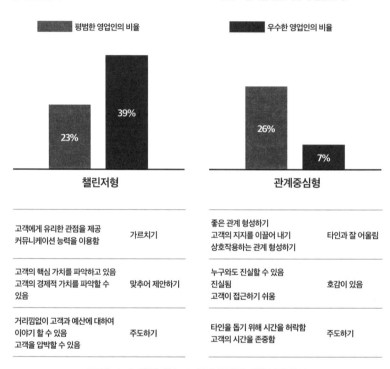

챌린저형 영업인은 고객과 건설적인 긴장 관계를 형성하여 고객을 심리적 안전 지대로 나오도록 하는데 집중한다.

관계 중심형 영업인은 고객과 건설적인 긴장 관계를 해소하여 상황을 더욱 우호적이거나 긍정적으로 만들고 협력을 증진하는데 집중한다.

■ 평범한 영업인의 비율

39%

23%

챌린저형

■ 우수한 영업인의 비율

26%

7%

관계중심형

고객에게 유리한 관점을 제공 커뮤니케이션 능력을 이용함	가르치기
고객의 핵심 가치를 파악하고 있음 고객의 경제적 가치를 파악할 수 있음	맞추어 제안하기
거리낌없이 고객과 예산에 대하여 이야기 할 수 있음 고객을 압박할 수 있음	주도하기

좋은 관계 형성하기 고객의 지지를 이끌어 내기 상호작용하는 관계 형성하기	타인과 잘 어울림
누구와도 진실할 수 있음 진실됨 고객이 접근하기 쉬움	호감이 있음
타인을 돕기 위해 시간을 허락함 고객의 시간을 존중함	주도하기

〈그림 10-2〉 챌린저형 VS. 관계 중심형 영업인의 차이

갖추고 있다. 이를 바탕으로 고객에게 차별화된 포인트를 이해시킬 수 있다.

• 고객의 비즈니스에서 핵심이 되는 경제적 가치와 그 가치의 원동력이 무엇인가에 대해 뛰어난 감각을 지니고 있다. 따라서 고객사의 담당자에게 적합한 메시지를 전달하면서 반향을 불러일으키는 제안을 할 수 있다.

- 예산에 대해 이야기하는 것을 어려워하지 않으며, 필요하다면 고객에게 어느 정도의 부담을 지울 수 있다. 이런 방식으로 영업의 주도권을 확보한다.

쉽게 납득할 수 있는가? 아마도 혼란스러울 것이다. 지금껏 성공적 영업을 위해 중요하다고 생각해왔던 요소들과는 완전히 다른 특징들이기 때문이다. 물론 이 연구 결과는 더 이상 고객과의 관계는 중요하지 않다고 말하는 것은 아니다. 요점은 고객과의 관계만으로는 비즈니스를 성사시킬 수 없다는 것이다.

관계 중심형 영업인은 고객과 개인적 비즈니스 관계를 맺고 증진시키며, 고객사에서 지지자를 만들 수 있는 사람이다. 자기 시간을 내어주는 데 매우 관대하고, 호감 가는 행동으로 고객들과 친밀한 관계를 맺는 데 집중하며, 고객의 요구 사항이 충족될 수 있도록 열심히 노력한다. 고객이 원하면 언제든 달려갈 수 있고 어떤 서비스든 제공할 수 있다는 마음가짐을 갖고 있다.

그에 반해 챌린저형 영업인은 고객에게 맞는 가치 제안으로 주도권을 잡는 데 뛰어나다. 편의를 제공하기보다 고객에게 돌아가는 가치에 집중한다. 챌린저형 영업인이 성공하는 이유는 고객의 심리적 안전 지대로 들어가는 데 사활을 거는 관계 중심형 영업인과 달리 고객을 심리적 안전 지대에서 나오도록 압박하는 데 있다. 이러한 압박을 통해 고객과 건설적인 긴장 관계를 유지하기 때문이다.

긴장이 없는 전문적인 대화는 고객의 호감과 인정을 받을지는 몰라도, 고객이 목표를 향해 나아가도록 도와주지는 못한다. 효과적인 도움을 주려면 고객과의 사이에서 적절한 긴장을 유지하면서 고객이 자신의 비즈니스에 대해서 다른 관점을 가지도록 만들어야 한다. 이렇게 함으로써 고객은 비용을 절감하거나 수익을 증대할 수 있고, 결국 자신의 비즈니스 가치를 높일 수 있게 된다. 챌린저형 영업인은 고객과의 관계보다 고객의 가치를 중시하는 것이 결과적으로 모두에게 보다 큰 도움이 된다는 사실을 잘 알고 있다.

필자는 MBA 수업 도중 모 기업 임원으로부터 이와 관련한 의미심장한 이야기를 들었다. 그는 오랜 기간 거래 관계를 유지해온 고객사를 경쟁사에 빼앗긴 적이 있다고 했다. 시간이 흘러 고객사의 구매 담당자에게 "우리가 잘못하거나 서운하게 한 게 있습니까?" 하고 물었더니 그가 "아닙니다. 우리에게 아주 잘하셨지요. 그런데 우리를 성장시키지는 못하더군요"라고 대답했다고 한다.

이것이 바로 달라진 영업의 패러다임이다. 이제는 고객사의 성장에 초점을 맞추어야 한다. 관계도 중요하고 당장의 실적도 중요하지만, 그보다 더 중요한 것은 영업인이나 영업인이 몸담고 있는 회사의 도움으로 고객사가 얼마나 성장하느냐이다. 따라서 "지금 나는 어떤 영업을 하고 있는가?"라고 한 번 자문할 필요가 있다.

오늘날의 비즈니스 지형은 과거에 비해 완전히 바뀌었다. 어떤 시장이건 공급 업체들이 넘쳐나고 새로운 업체들이 속속 진입하고 있다. 게다가 인터넷에서 검색만 하면 공급 업체들의 제품과 가격 정보를 손

쉽게 파악할 수 있다. 정보의 불균형과 비대칭성이 사라진 것이다.

이처럼 무서운 속도로 제품의 범용화가 일어나는 가운데 시장의 투명성은 높아지고, 공급 과잉으로 가격은 자꾸 낮아지고 있다. 온라인 경매를 통해 가격 경쟁을 유도함으로써 최저 가격에 최적의 조건을 갖춘 업체를 찾을 수 있는 시대이다. 이와 더불어 고객사들은 최종 소비자나 주주들에게 보다 높은 가치를 제공해야 하는 스트레스를 받고 있다.

이러한 상황에서는 장기간 좋은 관계를 유지해왔거나 좋은 제품을 갖고 있다는 사실만으로는 더 이상 경쟁력을 발휘할 수 없다. 고객사의 입장에서 영업의 패러다임을 바라보고 고객사의 성공을 도울 수 있어야 한다.

지금 고객사들은 변덕스럽고 까다로운 고객들을 만족시키고 변수가 많은 매출을 신장시키기 위해 끊임없이 고민하고 있다. 그들은 공급 업체 영업인들이 자신들의 성공을 위해 보다 적극적으로 노력해주기를 원한다. 기대에 미치지 못하면 언제든 거래처를 바꿀 수 있다. 이런 고객사들을 상대로 전통적인 관계 중심의 영업 방식에 안주하다가는 살아남을 수 없다.

영업의 패러다임을 바꾸어야 한다. 고객을 안전 지대에 머물게 하는 편하기만 한 파트너가 아니라, 고객을 안전 지대로부터 나오게 하여 성공을 향해 나아가도록 도와줄 수 있는 챌린저가 되어야 한다.

272

Churchill, Ford and Walker의 모형

전통적으로 영업인의 성과에 관한 연구는 Churchill, Ford and Walker의 연구를 기초로 이루어져 왔다(〈그림 10-4〉 참조). 이들의 연구는 크게 개념적 모형과 수정 모형으로 구성되는데, 개념적 모형은 영업인의 성과를 결정하는 요인을 연구하는데 가장 보편적으로 이용되어 왔으며 최근까지도 이 분야의 대표적인 모델로 인식되고 있다.

이 모형에 대한 전체적인 내용을 보면 영업인의 성과는 개인의 동기유발, 능력, 역할 지각에 의해 영향을 받고 이러한 세 변수는 선행적인 개인적, 조직적, 환경 변수에 영향을 받는다. 또한 변수들에 의해 영향을 받은 성과는 결과에 따라 보상이 이루어지고, 이 보상의 정도에 따라 만족이 이루어진다.

이 연구 모델을 시작으로 '영업성과 영향요인'은 마케팅 관리자와

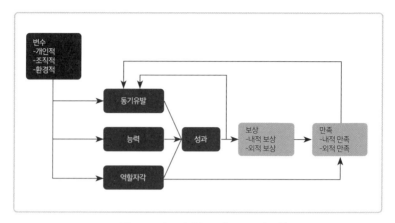

〈그림 10-3〉Churchill/Ford/Walker의 모형

영업 리더들에게 많은 관심과 흥미를 끌어왔고 이에 대한 많은 후속
연구들이 수행되어 왔다.

이러한 연구 결과들을 요약해 보면 영업인의 성과에 영향을 미치
는 요인으로는 상황적 요인, 개인적 요인, 조직적 요인뿐 아니라 역할
지각, 동기유발, 능력 등이 있으며 또한 적응성과 고객 지향성, 개인
적 가치와 성취욕, 통제의 성향, 조직 몰입 등이 있다. 최근에는 판매
관리자의 리더십과 코칭 등이 영업인의 성과에 영향을 미치는 요인
으로 보고되고 있다.

이러한 영업인 성과에 영향을 미치는 요인들을 좀 더 자세히 살펴
보면 다음과 같다.

개인적 요인

동기유발

심리학적 관점에서 동기유발은 인간의 행동을 유발하고, 그 개발된 행동을 유지하며 더 나아가 이를 일정한 방향으로 유도해 가는 과정의 총칭으로 파악할 수 있다. 그리고 경영학적 관점에서의 동기유발은 개인이나 집단의 행위가 조직 목표의 성취를 위하여 그 행위의 방향과 과정에 영향력을 행사하려는 경영자들의 의식적인 시도로 정의할 수 있다.

또한 동기유발은 인간의 행동을 유발하고 그것을 의도된 방향으로 향하게 하며 그 행동을 유지시키기 위한 기본적인 인간의 감정 상태로 이해할 수 있다. 이러한 동기유발을 영업인과 연결 지어 설명해 보면 영업인의 동기유발은 개인이 자기 직무에 노력을 기울이고자 하는 정도로서 영업인들이 잠재 고객을 방문하거나, 판매 제시를 계획하거나 또는 보고서 작성 등과 같은 그의 직무와 관련된 행동이나 활동, 과업에 대하여 기울이고자 하는 노력의 양을 의미한다.

따라서 동기유발은 영업인의 성과에 영향을 미치는 중요한 요인의 하나라고 볼 수 있다.

능력

영업인의 노력에 의해 성과가 나오고 이러한 성과는 개인의 능력에 의해 조절된다. 여기서 영업인의 능력이란 소비된 노력의 질적 측면을 나타내는 것으로서 능력의 개념이 과업 중심적이므로 능력의 적절한 정의와 적절한 측정은 산업, 회사, 제품에 따라 다르다. 따라서 영업인의 능력은 특별한 과업이 수행되어야 하며 성과 수준이 중요하게 고려되어야 한다.

다음은 영업 성과와 관련 있는 개인 능력의 요소들이다.

- 첫째, 영업 기술은 개인적 차원의 능력을 의미한다. 고객 대면 시 상황에 따라 잘 적응해 고객으로 하여금 자사 제품을 구매하도록 유도하는 능력이다. 여기서 영업인은 고객이 호감을 가질 수 있는 적절한 화술과 행동이 요구되며 특히, 고객이 거부감을 가졌을 때 이를 어떻게 호감이 가는 방향으로 전개해 가느냐가 중요하다.
- 둘째, 고객 서비스 능력은 영업인이 제품 판매를 위한 사전 서비스나 사후 서비스를 하는 능력을 의미한다. 영업인의 서비스 능력에 따라 고객의 반응은 크게 달라지므로 영업 성과에 영향을 준다.
- 셋째, 제품 지식 능력은 영업인이 판매하고자 하는 제품 자체에 대한 정확한 지식을 가지고 있는 정도를 말하며 이는 고객이 제품에 대해 의문점을 제시할 때 그 점에 대해 명료하게 전달하는 능력을 의미한다.
- 넷째, 판매 계획 능력은 영업인 개인이 나름대로 판매에 대한 계획을 세울 수 있는 능력을 의미하며 영업인 성과에 영향을 준다.

이와 같은 영업인의 개인적인 능력인 영업 기술, 고객 서비스, 제품 지식, 판매 계획은 영업인이 소속된 회사의 영업 전략에 많은 영향을 받으며 영업인 성과에 영향을 주는 것으로 보고되고 있다.

역할 지각

영업인의 역할 지각은 역할 파트너에 의해서 영업인에게 의사 전달되는 기대감, 요구, 압력을 말하며 이러한 역할 파트너의 기대나 요구에 대한 영업인의 인식은 기업에서의 역할과 성과에 큰 영향을 줄 수 있다.

즉, 영업인의 역할 지각은 무엇을 수행해야 하며, 어떻게 활동이 수행되어야 하는지를 이해하는 데 영향을 준다. 따라서 영업인의 성과는 영업인이 자신의 역할을 얼마나 정확하게 인식하느냐에 따라 달라진다. 이러한 역할 지각은 역할 정확성, 역할 갈등, 역할 모호성 등으로 구성된다.

- 첫째 영업인의 역할 정확성은 영업인이 역할 파트너의 역할 요구를 명확하게 인식하고 있는 정도를 의미한다. 연구 결과에 의하면 영업인이 자신들의 역할이 분명하지 않으면 직무에 만족하지 못하는 것을 알 수 있다. 따라서 영업인의 역할 정확성은 영업 성과를 높이는 데 중요한 역할을 한다.
- 둘째, 역할 갈등은 역할 파트너로부터 둘 이상의 요구가 서로 일치하지 않고 양립해 그들의 요구 사항을 도저히 충족시킬 수 없다고 영업인이 믿는

정도로서 영업인이 영업 리더나 고객 등으로부터 불일치하는 요구가 있을 때 나타난다. 또한 역할 갈등은 직무 요구가 영업인의 개인적 기준, 가치, 직무 요건과 불일치하거나 개인의 도덕성, 가치관과 반대되는 행동을 요구하면 발생한다. 예를 들어 고객이 영업인에게 많은 서비스를 요구하거나 기업과 관리자가 다른 과업을 위해 창조적인 판매 활동을 하고 있는 영업인에게 고객에게 투자하고 있는 시간을 최소화할 것을 요구한다면 영업인은 역할 갈등에 직면하게 된다. 역할 갈등이 발생하면 영업인은 갈등이 고조되거나 직무와 관련된 긴장이 증가하므로 영업 리더, 조직에 대한 신뢰도가 감소한다. 역할 갈등은 직무 만족과 불만족의 원인이 된다.

• 셋째, 역할 모호성은 영업 활동을 수행하는데 필요한 지식이 결핍되거나 내용이 복잡할 때 발생하며 영업인의 직무 불만족과 이직의 원인이 된다.

고객 지향성

고객 지향성이란 영업인이 자신의 고객으로 하여금 만족스러운 구매 결정을 하도록 돕고자 노력하는 정도를 의미한다. 따라서 고객 지향성은 개별 영업인과 고객 수준에서 마케팅 개념의 실천으로 볼 수 있다.

고객 지향성이 높은 영업인은 장기적인 측면에서 고객 만족 증대에 목표를 둔 행동을 하고 고객을 불만족스럽게 할 행동을 피하는 것이다. 영업인의 고객 지향성 개념은 전통적으로 영업 관리 분야에서 많은 연구가 이루어져 왔다.

조직적 요인

조직 몰입

조직 몰입은 개인이 특정 조직에 개입하여 자신을 구성원의 한 사람으로 인식하는 정도로서 다음과 같이 정의하고 있다.

- 조직의 목표와 가치에 대한 믿음과 수용 정도
- 조직 목표 달성을 위해 기꺼이 노력하려는 의지
- 조직 구성원으로서 남아 있으려는 강한 욕구

조직 몰입은 정서적 몰입, 지속적 몰입, 규범적 몰입의 세 가지 차원으로 구분할 수 있으며, 정서적 몰입이란 구성원이 정서적으로 애착과 일체감을 가지고 몰입하는 차원이며, 지속적 몰입은 구성원이 조직을 떠나 다른 조직으로 옮길 때 발생하는 비용에 기초한 몰입의 차원이며, 규범적 몰입은 구성원이 마땅히 조직에 머물러 있어야 되겠다는 의무감에 기초한 몰입의 차원으로 현재 이러한 차원의 몰입이 일반적으로 연구에 사용되고 있다.

학자들의 연구에 의하면 조직 몰입이 높을수록 이직률이 낮고 직무에서 이탈하지 않으며 성과도 높게 나타난다. 조직 몰입이 높은 영업인은 직무와 관련된 행위들이 목적 수행에 있어서 기업의 입장에서 행동하는 경향이 있으며, 창의적이고 혁신적인 행동을 보이며 성과 향상에 공헌하는 긍정적인 측면에 있는 것으로 밝혀졌다.

의사결정 참여

영업인의 의사결정 참여는 영업인이 수행하는 직무에 대한 조직의 의사결정에 영향을 미칠 수 있는 정도로 정의되는데 여기서 의사결정이란 목표 판매액이나 목표 판매이익에 관한 결정 또는 판매목표를 달성하는 과정에서 표준적 판매 행위를 설정하는 데 있어서의 결정 등을 의미한다.

영업 리더가 영업인을 관리하는 방법에는 일방적으로 지시하고 통제하는 방법과 영업인의 자발적인 분위기를 유도하는 방법이 있다. 영업인에 대한 통제가 관리 과정의 통제 단계에서 영업인에 대해 일방적으로 영향력을 행사하는 것이라면 영업인의 의사결정 참여는 계획 단계에서 쌍방향적인 커뮤니케이션을 통하여 영업 활동과 관련된 의사결정에 영업인이 참여하는 것이라 할 수 있다.

따라서 영업 리더는 영업인에게 일방적으로 판매 방법이나 목표 판매량을 제시하는 것보다 영업인의 의사결정 참여를 통해 영업인들의 동기를 유발할 수 있다. 또한 업무와 관련된 정보를 제공함으로써 영업인의 성과와 만족을 높일 수 있으며 영업 리더에 대한 수용성도 높일 수 있다.

상사와의 관계

연구에 의하면 영업인은 영업 리더와 밀접한 관계를 형성하고 있기 때문에 조직 내 상급자의 감독 스타일이 부하들의 직무 수행에 있어서 자율성의 정도와 활동을 조직화하는 방법, 상사와의 관계의 유형에 영향을 미친다. 영업인이 느끼는 감독의 밀접성이 높을수록 역할 정확성은 높아지고 역할 모호성은 떨어진다. 또 다른 연구에 의하면 영업인과 영업 리더 간에 유지되는 상호 작용의 성격과 질이 영업인의 직무 만족에 상당한 영향을 미치는 것으로 나타났다.

기업의 지원

기업의 지원이라 함은 영업인들이 그들의 상사와 동료 간에 상호 협조를 통하여 직무를 수행하고 있다고 느끼는 정도로서 영업인에 대한 기업의 지원 활동을 의미한다. 일부 학자들의 연구에 의하면 영업인에 대한 기업의 지원 활동이 조직 몰입과 이직 의도에 상당한 영향을 미친다는 사실을 알 수 있다. 이처럼 영업인에 대한 기업의 지원 활동이 강화될수록 영업인들은 직무를 수행하는 데 따르는 명분이 높아져 결국 영업인이 느끼는 직무 만족도와 영업성과는 높아지고 이직 의도가 낮아지는 것은 당연한 결과라 할 수 있다.

업무의 중요성

업무의 중요성이라 함은 업무의 특성을 기술의 다양성, 업무의 일체성, 업무의 중요성, 자율성, 피드백 등으로 나누어 구분하고 여러 가지 상이한 기술과 재능의 사용을 요구하는 정도를 의미한다. 업무의 일체성은 업무 자체가 얼마나 완전한 것인가 하는 정도 그리고 업무의 중요성이란 업무가 다른 사람의 생활이나 작업에 영향을 미치는 정도, 자율성은 업무가 작업자들에게 작업을 계획하고 수행하는 데 있어서 부여하는 자유, 독립성, 재량권을 부여하는 정도, 피드백이란 작업자가 작업한 일이 얼마나 유효하게 수행되었는가의 정보로 획득하는 정도를 의미한다. 그리고 이와 같은 업무 특성은 일 그 자체로부터 또는 영업 리더나 다른 동료로부터 영향받을 수 있다. 이러한 업무의 중요성은 영업인들의 성과와 만족에 영향을 미친다.